Las ratas

Contemporánea
Narrativa

MIGUEL DELIBES

LAS RATAS

AUSTRAL

&D DESTINO

Esta edición dispone de recursos pedagógicos en www.planetalector.com

© Herederos de Miguel Delibes, 2010
© Editorial Planeta, S. A., 2017
   Ediciones Destino, un sello editorial de Editorial Planeta, S. A.
   Avinguda Diagonal, 662-664. 08034 Barcelona (España)
   www.edestino.es
   www.planetadelibros.com

Diseño de la colección: Compañía
Diseño de la cubierta: Austral / Área Editorial Grupo Planeta
Ilustración de la cubierta: © Raquel Ulldemolins Garcia
Primera edición en Austral: marzo de 2010
Segunda impresión: abril de 2010
Tercera impresión: abril de 2010
Cuarta impresión: mayo de 2010
Quinta impresión: septiembre de 2010
Sexta impresión: mayo de 2011
Séptima impresión: junio de 2011
Octava impresión: diciembre de 2014
Novena impresión: mayo de 2017

Depósito legal: B. 25.087-2011
ISBN: 978-84-233-4244-0
Impresión y encuadernación: CPI (Barcelona)
Printed in Spain - Impreso en España

Biografía

Miguel Delibes (Valladolid, 1920-2010) se dio a conocer como novelista con *La sombra del ciprés es alargada*, Premio Nadal 1947. Entre su vasta obra narrativa destacan *Mi idolatrado hijo Sisí*, *El camino*, *Las ratas*, *Cinco horas con Mario*, *Las guerras de nuestros antepasados*, *El disputado voto del señor Cayo*, *Los santos inocentes*, *Señora de rojo sobre fondo gris* o *El hereje*. Fue galardonado con el Premio Nacional de Literatura (1955), el Premio de la Crítica (1962), el Premio Nacional de las Letras (1991) y el Premio Cervantes de Literatura (1993). Desde 1973 hasta su muerte fue miembro de la Real Academia Española. Ediciones Destino ha publicado sus *Obras completas*.

Nota del autor a la edición de las Obras Completas

Bien puedo decir que mi novela «Las ratas» me la puso en bandeja la censura del periódico. Trataré de aclararlo. La campaña de «El Norte» sobre el abandono de Castilla terminó de mala manera: de un portazo ministerial. Sobre este asunto no podíamos volver a hablar; se había acabado. ¿Qué cabía hacer? Afortunadamente los organizadores de la censura eran más inteligentes que los mismos censores. Los cortes, que eran diarios en películas y periódicos, a causa de su fácil difusión, eran menos frecuentes en los ensayos y novelas, y prácticamente inexistentes en los libros de poesía, de tirada muy corta e interpretación difícil, y en los que no cabían —a juicio de la institución— posibilidades de adoctrinamiento. Yo podía ser, pues, condenado diariamente por la censura del periódico, pero esto a los otros censores les traía sin cuidado. El grave problema del abandono rural, que había sido aireado durante mucho tiempo en mi periódico «El Norte de Castilla», ante el cerrojazo definitivo, a mí, como escritor, únicamente me dejaba una carta por jugar: apelar a la novela. Escribir una novela de un pueblo de Castilla ahogado por sus necesidades. El libro venía a ser así la culminación de nuestras denuncias, remataría nuestra campaña dignamente.

Un niño sabio, al que otorgué el protagonismo, suavizó la aspereza de la exposición pero no la dureza de la denuncia. Una víctima habitual de los censores de prensa, aunque casi inmune a los censores de libros, se tomaba la revancha y ponía los puntos sobre las íes. Aquel pueblecito de barro sin comunicaciones, olvidado, sin el menor atisbo de confortabilidad, resumido en un libro, despertó a la Administración y fui llamado urgentemente a Madrid por los ministros de Agricultura y Obras Públicas. El problema salía al fin de los despachos de la censura de prensa y alcanzaba dimensión más alta. El Gobierno terminó por admitir nuestras denuncias y la necesidad de adoptar medidas urgentes. De esta entrevista arrancó el estudio del Plan Tierra de Campos, que no llegó a buen puerto, pero cuyos preliminares —nuevos precios de los frutos del campo, comunicaciones, primeras máquinas— aliviaron la situación dramática de la vieja Castilla. Una victoria pequeña, incompleta, pero victoria al fin.

M. D.

Octubre de 2007

Si alguno quiere ser el primero,
que sea el último de todos y el servidor de todos. Y tomando un
niño lo puso en medio de ellos...

Marcos, 9, 35-38

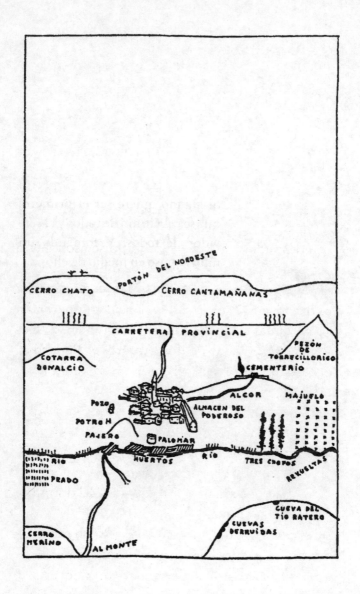

I

Poco después de amanecer, el Nini se asomó a la boca de la cueva y contempló la nube de cuervos reunidos en concejo. Los tres chopos desmochados de la ribera, cubiertos de pajarracos, parecían tres paraguas cerrados con las puntas hacia el cielo. Las tierras bajas de don Antero, el Poderoso, negreaban en la distancia como una extensa tizonera.

La perra se enredó en las piernas del niño y él le acarició el lomo a contrapelo, con el sucio pie desnudo, sin mirarla; luego bostezó, estiró los brazos y levantó los ojos al lejano cielo arrasado:

—El tiempo se pone de helada, Fa. El domingo iremos a cazar ratas —dijo.

La perra agitó nerviosamente el rabo cercenado y fijó en el niño sus vivaces pupilas amarillentas. Los párpados de la perra estaban hinchados y sin pelo; los perros de su condición rara vez llegaban a adultos conservando los ojos; solían dejarlos entre la maleza del arroyo, acribillados por los abrojos, los zaragüelles y la corregüela.

El tío Ratero rebulló dentro, en las pajas, y la perra, al oírlo, ladró dos veces y, entonces, el bando de cuervos se alzó perezosamente del suelo en un vuelo reposado y profundo, acompasado por una algarabía de graznidos siniestros. Únicamente un grajo permaneció inmóvil sobre los pardos terrones y el niño, al divisarlo, corrió hacia él, zigzagueando por los surcos pesados de humedad, esquivando el acoso de la perra que ladraba a su lado. Al levantar la ballesta para liberar el cadáver del pájaro, el Nini observó la espiga de avena intacta y, entonces, la desbarató entre sus pequeños, nerviosos dedos, y los granos se desparramaron sobre la tierra.

Dijo, elevando la voz sobre los graznidos de los cuervos que aleteaban pesadamente muy altos, por encima de su cabeza:

—No llegó a probarla, Fa; no ha comido ni siquiera un grano.

La cueva, a mitad del teso, flanqueada por las cárcavas que socavaban en la ladera las escorrentías de primavera, semejaba una gran boca bostezando. A la vuelta del cerro se hallaban las ruinas de las tres cuevas que Justito, el Alcalde, volara con dinamita dos años atrás. Justo Fadrique, el Alcalde, aspiraba a que todos en el pueblo vivieran en casas, como señores.

Al tío Ratero le atosigaba:

—Te doy una casa por veinte duros y tú que nones. ¿Qué es lo que quieres, entonces?

El Ratero mostraba sus dientes podridos en una sonrisa ambigua, entre estúpida y socarrona:

—Nada —decía.

Justito, el Alcalde, se irritaba y, en esos casos, la roncha morada de la frente se reducía a ojos vistas, como una cosa viva:

—¿Es que no te da la gana entenderme? Quiero acabar con las cuevas. Se lo he prometido así al señor Gobernador.

El Ratero encogía una y otra vez sus hombros fornidos, mas luego, en la taberna, Malvino le decía:

—Ándate al quite con el Justito. El tipo ese es de cuidado, ya ves. Peor que las ratas.

El Ratero, derrumbado sobre la mesa, le enfocaba implacable sus rudos ojos huidizos:

—Las ratas son buenas —decía.

Malvino fue Balbino en tiempos, pero sus convecinos le decían Malvino porque con dos copas en el cuerpo se ponía imposible. Su taberna era angosta, sórdida, con el suelo de cemento y media docena de mesas de tablas, con bancos corridos a los costados. Al regresar del arroyo, el Ratero se recogía allí y se merendaba un par de ratas fritas rociadas de vinagre, con dos vasos de clarete y media hogaza. El resto del morral se lo quedaba el Malvino, a dos pesetas la rata. El tabernero solía sentarse junto a él mientras comía:

—Cuando los hombres no están contentos con lo que tienen arman un trepe, ¿eh, Ratero?

—Eso.

—Y si están contentos con lo que tienen nunca falta un tunante que se empeña en darles más y arma el trepe por ellos. Total, que siempre hay función, ¿eh, Ratero?

—Eso.

—Mira tú que andas a gusto en tu cueva y no te metes con nadie. Bueno, pues el Justito dale con que te vayas a esa casa cuando más de seis y más de siete se matarían por ella.

—Eso.

La señora Clo, la del Estanco, afirmaba que el Malvino era el Ángel Malo del tío Ratero, pero el Malvino replicaba que se limitaba a ser su conciencia.

El tío Ratero, desde la boca de la cueva, vio ascender al Nini por la falda del teso, con el cuervo en una mano y el cepo en la otra. La perra se adelantó al descubrir al hombre y brincó una y otra vez sobre él, tratando de lamerle la tosca mano de dedos todos iguales, como tajados a guillotina. Mas el hombre, cada vez, le oprimía distraídamente el hocico y el animal gruñía entre furioso y retozón.

Dijo el niño mostrándole el grajo:

—El Pruden me lo encargó; los cuervos no le dejan parar los sembrados.

El Pruden siempre madrugaba y anticipándose a la última semana de lluvias hizo la sementera. El

Pruden, en puridad, era Acisclo por bautismo, pero se quedó con Pruden, o Prudencio, por lo juicioso y previsor. En mayo araba los barbechos y, de este modo, llegado noviembre, ya tenía dada vuelta a la tierra. Al concluir el verano, poco antes de que la hoja amarilleara, desmochaba los tres chopos escuálidos de la ribera y guardaba la hoja empacada para alimentar las cabras durante el invierno. Al Nini, el chiquillo, le traía de cabeza: «Nini, rapaz, ¿viene agua o no viene agua?», «Nini, rapaz, ¿traerá piedra esa nube o no traerá piedra?», «Nini, rapaz, la noche anda muy queda y el cielo raso, ¿no amagará la helada negra?».

Dos tardes atrás, el Pruden se acercó al niño como de casualidad:

—Nini, hijo —le dijo en tono plañidero—, los cuervos no me dejan quietos los sembrados; escarban la tierra y se llevan la simiente. ¿Cómo me las arreglaré para ahuyentarlos?

El Nini recordó al abuelo Román, que para espantar los pájaros de los sembrados colgaba boca abajo un cuervo muerto. Las aves huían del lúgubre espectáculo; del inmóvil, atrabiliario luto de la tierra por florecer.

—Déjalo de mi mano —le dijo el niño.

Ahora, el Nini, mientras devoraba las sopas de pan a la puerta de la cueva, contempló el grajo despeluzado, las plumas rígidas, aceradas, reposando sobre un tomillo. La perra, agazapada junto a él, le observaba fijamente, y si el niño rehuía su atención, el animal le golpeaba insistentemente el antebrazo con la pezuña delantera. Tras la perra, bajo el teso, se abría el mundo; un mundo que la Columba, la mujer del Justito, juzgaba inhóspito tal vez porque lo ignoraba. Un mundo de surcos pardos, simétricos, alucinantes. Los surcos del otoño, desguarnecidos, formaban un mar de cieno tan sólo quebrado por la escueta línea del arroyo, del otro lado del cual se alzaba el pueblo. El pueblo era también pardo, como una excrecencia de la propia tierra, y de no ser por los huecos de luz y las sombras que tendía el sol naciente, casi las únicas en la desolada perspectiva, hubiera pasado inadvertido.

A cosa de un kilómetro, paralela al riachuelo, blanqueaba la carretera provincial, hollada tan sólo por las caballerías, el Fordson de don Antero, el Poderoso, y el coche de línea que enlazaba la ciudad con los pueblecitos de la cuenca. Una cadena de tesos mondos como calaveras, coronados por media docena de almendros raquíticos, cerraba el horizonte por este lado. Bajo el sol, el yeso cristalizado de las laderas rebrillaba intermitentemente con unos guiños versicolores, como pretendiendo transmitir un mensaje indescifrable a los habitantes de los bajos.

El otoño avanzado estrangulaba toda manifestación vegetal; apenas el prado y la junquera, junto al cauce, infundían al agónico panorama un rastro de vida. Una gama uniforme de suaves transiciones enlazaba los tonos grises, cárdenos y ocres.

Únicamente encima de la cueva, en el páramo, el monte de encina del común prestaba un seguro refugio a los pájaros y las alimañas.

El niño, con el grajo en la mano, corrió cárcava abajo seguido de la perra. En el último tramo de la pendiente, el Nini levantó los brazos como si planeara sobre el camino. Aún no calentaba el sol y las chimeneas alentaban lánguidamente un humo blanquecino, y el áspero aroma de la paja quemada se cernía sobre el pueblo como un incienso pegajoso. El niño y la perra franquearon el rústico puentecillo de tablas y entraron en la Era. Junto al Pajero se alzaba el palomar del Justito, y el niño, al cruzar frente a él, palmeó fuerte dos veces y el bando de palomas se arrancó alborotadamente con un ruido frenético de ropa sacudida. La perra ladró inútil, jubilosamente, mas la irrupción del Moro, el perro del Rabino Grande, el Pastor, la distrajo de inmediato. El bando de palomas describió un amplio semicírculo por detrás del campanario y tornó al palomar.

El Pruden asomó por la trasera abotonándose los pantalones.

—Toma —dijo el Nini alargándole el pájaro.

El Pruden sonrió evasivamente.

—¿Así que lo atrapaste? —dijo. Tomó el grajo de la punta de un ala, como con recelo, y agregó—: Anda, pasa.

Contra la tapia del corral se apoyaban el arado herrumbroso y los aperos y el tosco carromato, y sobre la cuadra se abría la gatera del pajar. El Pruden entró en la cuadra y la mula negra pateó el suelo, con impaciencia. Depositó el pájaro en el suelo, y mientras eliminaba los pajotes de los pesebres le dijo al Nini, sin volverse:

—Vaya un pico. Así es que donde caen estos tunantes hacen más daño que un nublado. ¡La madre que los echó!

Una vez limpios los pesebres, se encaramó ágilmente en el pajar y arrojó al suelo con la horca unas brazadas de paja. Después se descolgó, tomó la criba y cernió el tamo en rápidos movimientos de vaivén. Seguidamente repartió la paja entre los dos pesebres y la cubrió, luego, con un serillo de cebada. El niño le miraba hacer atentamente y cuando acabó de repartir el grano le dijo:

—Cuélgalo patas arriba; si no, en lugar de ahuyentarlos hará de cimbel.

El Pruden se sacudió una mano con otra y agarró de nuevo el pájaro por la punta de un ala y penetró en la casa por la puerta de la cocina. El niño y la perra entraron tras él. La Sabina se revolvió furiosa al ver el cuervo.

—¿Dónde vas con esa basura? —dijo.

El Pruden no alteró su voz templada y paciente.

—Tú calla la boca —dijo.

Y depositó el pájaro sobre la mesa. Después se arrimó al hogar y dio la vuelta a las mondas de patata que cocían a fuego lento. Al cabo las apartó, se sentó con el balde entre las piernas y espolvoreó el salvado de hoja sobre las mondas y comenzó a envolverlo pacientemente.

El niño agarró la puerta para marcharse y el Pruden, entonces, se incorporó y dijo:

—Aguarda.

Le siguió por el pasillo de rojas baldosas hurgándose en los bolsillos del pantalón y, una vez en la calle, le alargó una moneda de peseta. El Nini lo miraba fijamente, con precoz gravedad, y el Pruden se desconcertó, levantó los ojos al cielo, un cielo blanquecino, tímidamente azul, y dijo:

—No lloverá más, ¿verdad, rapaz?

—Ha arrasado. El tiempo se pone de helada —respondió el niño.

Al regresar a la cocina, el Pruden analizó el grajo con concentrada atención y después continuó envolviendo en silencio el pienso de las gallinas. Al cabo de un rato levantó la cabeza y dijo:

—Digo que el Nini ese todo lo sabe. Parece Dios.

La Sabina no respondió. En los momentos de buen humor solía decir que viendo al Nini charlar con los hombres del pueblo le recordaba a Jesús entre los doctores, pero si andaba de mal temple, callaba, y callar, en ella, era una forma de acusación.

II

El Nini siguió avanzando por la calleja solitaria, arrimado a las casas para eludir el lodazal. Restregaba la moneda que portaba en la mano contra los muros de adobe y al llegar a la primera esquina examinó el brillo nacido en el borde con pueril fruición. El barrizal era allí más espeso, pero el niño lo atravesó sin vacilar, sumergiendo sus pies desnudos en el cieno entreverado de estiércol y escíbalos caprinos, en la pestilente agua estancada de los relejes. Cruzó el pueblo y antes de divisar los establos del Poderoso oyó la voz caliente de Rabino Chico charlando con las vacas. El Rabino Chico estaba al servicio del Poderoso y tenía fama de comprender el lenguaje de los animales.

El Rabino Grande, el Pastor, y el Rabino Chico, el Vaquero del Poderoso, eran hijos del Viejo Rabino, el que, al decir de don Eustasio de la Piedra, el Profesor, era una prueba viva de que el hombre provenía del mono. En efecto, el Viejo Rabino tenía dos vértebras coxígeas de más, a la manera de un rabo truncado, y el cuerpo cubierto de un vello negro y espeso, y cuando se cansaba de andar sobre los pies podía hacerlo fácilmente sobre las manos. Por todo ello, don Eustasio de la Piedra le invitó por San Quinciano, allá por el año 33, a un Congreso Internacional, sin otra mira que demostrar ante sus colegas que el hombre descendía del mono y que aún era posible encontrar ejemplares a mitad de la evolución. Después de aquello, don Eustasio le llamaba a la capital cada vez que recibía una visita de cumplido y le hacía desnudar y dar vueltas sobre las manos, muy despacito, encima de una mesa. Al principio, el Viejo Rabino sentía vergüenza, pero pronto se habituó e incluso permitía que don Eustasio, que era un sabio, le tentara las dos vértebras coxígeas sin inmutarse. A partir de entonces, cada vez que un forastero mostraba interés por su particularidad, el Viejo Rabino se soltaba la pretina y se la enseñaba.

Con estas relaciones, el Viejo Rabino, al decir del Undécimo Mandamiento, se torció y dejó de frecuentar la iglesia. Don Zósimo, el Curón, que por entonces andaba de párroco en el pueblo, le decía: «Rabino, ¿por qué no vienes a misa?». El Viejo Rabino se encampanaba y respondía: «No hay Dios. Mi abuelo era un mono. Don Eustasio lo dice». Y cuando estalló la guerra, cinco muchachos de Torrecillórigo, capitaneados por el Baltasar, el del Quirico, se presentaron con los mosquetones prestos a la puerta de su casa. Era domingo y el Viejo Rabino apareció con su humilde traje de fiesta y sus zapatos apretados, y el Baltasar, el del Quirico, lo empujó con el cañón del mosquetón y le dijo: «Ahora voy a enseñarte yo dónde deben pastar las cabras». El Viejo Rabino parpadeaba y sólo dijo: «¿Qué quieres?». Y el Baltasar, el del Quirico, dijo: «Que te vengas con nosotros». El Baltasar llevaba una cruz en el pecho y la Rabina

miraba hacia ella como implorando, y luego miró
para el Viejo Rabino, que, a su vez, se miraba a los
pies calzados con zapatos, y dijo humildemente:
«Aguarda un momento». Al regresar de la alcoba
vestía el traje de pastor y calzaba las alpargatas de
goma y dijo: «Hasta luego». Después le dijo a Baltasar: «Cuando quieras».

Al día siguiente, el Antoliano encontró el cadáver en las Revueltas y cuando se presentó con él en
la casa, al Rabino Chico, que apenas era un muchacho, aunque con dos vértebras coxígeas de más,
se le cerró la boca y no había manera de hacerle
comer. Don Ursinos, el médico de Torrecillórigo,
dijo que el mal era nervioso y que le pasaría. Y
cuando le pasó, el Rabino Chico se llegó donde
don Zósimo, el Curón, y le dijo: «¿No es la cruz la
señal del cristiano, señor cura?». «Así es», respondió el Curón. Y agregó el Rabino Chico: «¿Y no
dijo Cristo: Amaos los unos a los otros?». «Así es»,
respondió el Curón. El Rabino Chico cabeceó levemente. Dijo: «Entonces, ¿por qué ese hombre
de la cruz ha matado a mi padre?». La desbordada
humanidad de don Zósimo, el Curón, parecía re-
ducirse ante el problema. Se ajustó automática-
mente el bonete antes de hablar: «Escucha —dijo
al fin—, mi primo Paco Merino era párroco de
Roldana, en el otro lado, hasta anteayer. ¿Y sabes
cómo ha dejado de serlo?». «No», dijo el Rabino
Chico. «Pues atiende —añadió el Curón—: le
amarraron a un poste, le cortaron la parte con una

gillete y se la echaron a los gatos delante de él. ¿Qué te parece?» El Rabino Chico cabeceaba, pero dijo: «Los otros no son cristianos, señor Cura». Don Zósimo entrelazó los dedos y dijo pacientemente: «Mira, Chico, cuando a dos hermanos, sean cristianos o no, se les pone una venda en los ojos, pelean entre sí con más encarnizamiento que dos extraños». Y el Rabino Chico dijo por todo comentario: «¡Ah!».

Desde entonces empezó a rehuir a las gentes y a salir a los cuetos con el ganado hasta que don Antero, el Poderoso, lo contrató de vaquero. Por contra, el Rabino gustaba de charlar con las vacas y, según decían, poseía el don de interpretar sus mugidos. Fuera como fuese, él había demostrado ante los más escépticos lugareños que la vaca a quien se le habla tiernamente mientras se la ordeña daba media herrada más de leche que la que era ordeñada en silencio. En otra ocasión descubrió que la vaca que reposaba sobre una colchoneta rendía también más que si reposaba sobre la paja desnuda, y ahora andaba en pintar de verde los muros del establo porque presumía que de este modo aumentaría también el rendimiento.

El Nini divisó al Rabino Chico vuelto de espaldas y voceó:

—Buenos días, Rabino Chico.

El Rabino Chico se movía pesadamente, como un hombre grueso y maduro, y nunca miraba de frente. Una vez el Nini le preguntó por qué hablaba con las vacas y no con los hombres y el Rabino Chico respondió: «Los hombres sólo dicen mentiras». Ahora, el Rabino Chico se volvió al niño y le dijo:

—Nini, ¿es cierto que el Justito os quiere largar de la cueva?

—Eso dicen.

—¿Quién lo dice?

El niño se encogió de hombros. Dijo:

—¿Terminaste de pintar el establo?

—Ayer tarde.

—¿Y qué?

—Da tiempo al tiempo.

El Nini dobló el recodo de la iglesia. Los relejes eran allí más profundos y el agua estancada, pese al frío, expandía una fetidez nauseabunda. En las tapias de la señora Clo, frente a la iglesia, un cartelón de letras de brea decía en caracteres muy gruesos: «Vivan los quintos del 56». La señora Clo barría briosamente los dos peldaños de cemento que daban acceso al Estanco. De pronto levantó la cabeza y vio al niño restregando la moneda contra las piedras del templo.

—¿Dónde vas tan de mañana, Nini?

El niño dio media vuelta y se quedó con las piernas abiertas mirando para la mujer. El cieno había dejado sobre una de sus pantorrillas una sucia huella como un calcetín oscuro. La señora Clo se apoyó en el palo de la escoba, sonrió con toda su ancha cara y dijo:

—El tiempo está de cambio, Nini. ¿Cuándo matamos el chon?

El niño la miró reflexivamente. Dijo:

—Aún es temprano.

—Mira que tu abuela no lo pensaba tanto.

El Nini movió decididamente la cabeza:

—Deje, señora Clo, antes de San Dámaso no es bueno hacerlo. Ya avisaré.

Reanudó su camino y como viera a la perra merodeando la casa de José Luis, el Alguacil, le silbó tenuemente. La Fa acudió a su llamada y se situó dócilmente tras él, mas en la esquina se lanzó sobre el bando de gorriones que picoteaban entre el estiércol. Los pájaros levantaron el vuelo y desde los bajos aleros piaban ahora desaforadamente y la perra los miraba levantando la cabeza y moviendo nerviosamente el rabo cercenado.

La Sierra del Antoliano ya se sentía y el Nini se asomó a la puerta, abierta incluso en los días más crudos del invierno, y desde allí lo vio, oblicuo sobre el banco, su mano poderosa afirmada en el mango de la sierra. El taller era un tabuco mezquino, lleno de virutas y aserrín, y con cuatro listones crudos colocados verticalmente en un rincón. En la pared, junto a la ventana, un reclamo de perdiz daba vueltas incesantemente sobre sí mismo picoteando los barrotes de la jaula. Hubo un tiempo en que el Antoliano se ganaba la vida fabricando celemines y medias fanegas, pero desde que el Servicio empezó a medir el cereal por kilos, el Antoliano andaba de parado, arrimando el hombro a lo que saliera. Visto de perfil, el rostro del Antoliano mostraba una exuberante irregularidad en la nariz, como si el apéndice hubiera tratado de formarse sobre la ternilla y luego, a medio hacer, hubiera desistido de jugarle esa mala pasada. En todo caso, la nariz del Antoliano parecía la de un boxeador y para él, que se ufanaba de fuerte y arriscado, era aquello una humillación. A menudo, sin que nadie se lo pidiera, se justificaba: «¿Sabes quién tuvo la culpa de que mi nariz sea como un buñuelo? Estas condenadas manos». Las manos del Antoliano, nevadas ahora de aserrín, eran enormes, como dos palas y, según él, paseando una noche cerrada con ellas en los bolsillos tropezó y se dio de bruces con el brocal del pozo del Justito antes de tener tiempo de sacarlas.

—Hola —le dijo el niño desde la puerta.

La perra penetró en el tabuco y se agachó en el rincón, junto a los listones recién cepillados.

—¡Chita! —dijo el niño.

El Antoliano soltó una breve risa sin levantar los ojos del tablón que aserraba.

—Déjala —dijo—. Eso no hace daño.

El Nini se recostó en el umbral. Un dulce sol de otoño caía sobre la calleja y alcanzaba media puerta de la Sierra. Dijo el niño, entrecerrando perezosamente los ojos al sol:

—¿Qué haces?

—Mira. Un ataúd.

El Nini volvió la cara sorprendido:

—¿Hay un difunto? —dijo.

El Antoliano denegó, sin cesar en su trabajo.

—No es de aquí —dijo—. De Torrecillórigo es. El Ildefonso.

—¿El Ildefonso?

—Ya estaba viejo. Cincuenta y siete años.

El Antoliano dejó la sierra sobre el banco y se limpió el sudor de la frente con el antebrazo. El cabello enmarañado blanqueaba de aserrín y todo él emanaba un suave y reconfortante aroma a madera virgen. Dijo:

—En la capital llevan cada día más caro por esto. Y tú ves lo que son: cuatro tablas.

Su mirada se ensombreció al añadir:

—Claro que nadie necesita más.

Se sentó a la puerta, en el poyo de piedra, junto al niño, y lió pausadamente un cigarrillo:

—Adolfo me trajo ayer la simiente. La bodega ya está lista —dijo, pasando cuidadosamente la punta de la lengua por el filete engomado.

—Ahora has de preparar una cama caliente —dijo el niño.

—¿Caliente?

—Primero una capa de estiércol; luego otra de tierra bien cernida.

El Antoliano prendió el cigarrillo con un chisquero de mecha y agregó con los labios apretados:

—¿Estiércol de vaca o de caballo?

—De caballo si la cama ha de ser caliente; después tendrás que regar.

—Bueno.

El Antoliano dio una larga chupada al cigarrillo, pensativo. Dijo, expeliendo el humo deleitosamente:

—Digo que si el champiñón ese se diera bien en la bodega, he de poner más en las cuevas de arriba.

—¿En la de los abuelos?

—Y en la del Mudo y en la de la Gitana. En las tres.

El chiquillo desaprobó con la mirada:

—No debes hacerlo —dijo—. Esas cuevas se caen cualquier día.

El Antoliano hizo una mueca despectiva:

—Hay que arriesgarse —dijo.

El gallo blanco se encaramó inopinadamente sobre las bardas del corral, rayano a la Sierra, ahuecó sus plumas al sol, estiró el pescuezo y emitió un ronco quiquiriquí. La Fa comenzó a brincar en el barro de la calle ladrándole furiosamente y entonces el gallo inclinó la cabeza y empezó a bufarla como un ganso. Dijo el Nini:

—Ese gallo se tira. Un día te da un disgusto.

El Antoliano se incorporó, arrojó la colilla al barro y la hundió de un pisotón. Dijo:

—Mira, alguien tiene que guardar la casa.

Ya iba a entrar en el taller cuando pareció recordar algo y volvió a salir.

—¿Dices que la capa de tierra sobre la capa de porquería?

—Sí. Y bien cernida —respondió el niño.

El Antoliano ladeó un poco la cabeza y antes de entrar en el taller hizo un amistoso ademán con su mano gigantesca. El Nini silbó a la perra y se perdió calle abajo, camino del río.

III

La señora Clo, la del Estanco, atribuía al Nini la ciencia infusa, pero doña Resu, o como en el pueblo le decían, el Undécimo Mandamiento, afirmaba que la sabiduría del Nini no podía provenir más que del diablo, puesto que si el hijo de primos es tonto, mayor razón habría para que lo fuera el hijo de hermanos. La señora Clo aducía que el hijo de primos es lelo o espabilado, según, y a esto terciaba el Antoliano afirmando: «Pero, doña Resu, ¿qué es un tonto más que un listo que se pasa?». Y decía doña Resu escandalizada: «Ya estás tú con tus teorías». Y decía el Antoliano: «¿Es que acaso está mal dicho?». Y decía doña Resu: «No sé si está mal o bien, pero así te crece a ti el pelo».

Fuera como fuese, el saber lo que sabía se lo debía el Nini únicamente a su espíritu observador. Sin ir más lejos, si los niños y los mozos se arrimaban al tío Rufo, el Centenario, sólo por el capricho de verle temblar la mano y luego reír, el Nini lo hacía empujado por la curiosidad. El tío Rufo, el Centenario, sabía mucho de todas las cosas. Hablaba siempre por refranes y conocía al dedillo el santo de cada día. Y si bien no recordaba con exactitud los años que contaba, podía, en cambio, hablar lúcidamente de la peste de 1858, de la visita de S. M. la Reina Isabel y aun del arte de Cúchares y El Tato, aunque jamás hubiera presenciado una corrida de toros.

El Nini, sentado junto a él en el poyo de la puerta, no reparaba en sus movimientos nerviosos. A veces ni siquiera decía sí o no, pero al Centenario le estimulaban sus ojos expectantes, su inquisitiva atención y, en su caso, el aplomo maduro de sus preguntas y respuestas.

Generalmente, el viejo se arrancaba por el santoral, el tiempo o el campo, o los tres en uno: «En llegando San Andrés, invierno es», decía.

O si no: «Por San Clemente, alza la tierra y tapa la simiente».

O si no: «Si llueve en Santa Bibiana, llueve cuarenta días y una semana».

Una vez roto el silencio, el Centenario tenía cuerda para rato. De este modo aprendió el Nini a relacionar el tiempo con el calendario, el campo con el santoral y a predecir los días de sol, la llegada de las golondrinas y las heladas tardías. Así aprendió el niño a acechar a los erizos y a los lagartos, y a distinguir un rabilargo de un azulejo y una zurita de una torcaz.

Y otro tanto le aconteció al niño, en tiempos, con sus abuelos. El Nini, el chiquillo, en contra de lo que suele ser usual, tuvo tres abuelos por partida doble: dos abuelos y una abuela. Los tres vivieron juntos en la cueva vecina y, a veces, de muy niño, el Nini inquiría del tío Ratero cuál de ellos era el abuelo de verdad. «Todos lo son», decía el tío Ratero entreabriendo tímidamente su sonrisa entre estúpida y socarrona. El tío Ratero rara vez pronunciaba más de cuatro palabras seguidas. Y si lo hacía era mediante un esfuerzo que le dejaba extenuado, más que por el desgaste físico, por la concentración mental que aquello le exigía.

El Nini acompañaba al abuelo Abundio, el Podador, a Torrecillórigo, donde don Virgilio, el Amo, reunía cincuenta hectáreas de viñedo y una hermosa casa con emparrado y un almacén inhóspito, con el tejado de uralita agujereado, que era donde pernoctaban ellos, los perros de los pastores y los extremeños que, por entonces, andaban levantando el monte. La primera noche, el abuelo Abundio no se acostaba; solía pasarla reparando el tejado con chapas y lajas, para evitar el frío y la humedad.

Al Nini le placía Torrecillórigo por cambiar de ambiente, aunque le asustaran los extremeños con las historias que referían junto a la lumbre, mientras guisaban la frugal cena y los perros de los pastores dormitaban, enroscados, a sus pies. También le asustaban jurando por las mañanas, cuando el abuelo, antes de amanecer, hacía chirriar la bomba del pozo y chapoteaba para lavarse. Los extremeños le amenazaban con partirle el alma, pero llegado el caso nunca se decidían, tal vez porque fuera hacía frío.

Ya en el campo, el Nini veía negrear los sarmientos entre los terrones y cada vez le producían la impresión de algo vivo y doliente. El abuelo Abundio cortaba, empero, sin compasión y, según saltaban las ramas inútiles, por encima de su hombro le aleccionaba:

—Podar no es cortar sarmientos, ¿oyes?

—Sí, abuelo.

—Cada cepa tiene su poda, ¿oyes?

—Sí, abuelo.

—Un majuelo de verdejo de treinta años llevará dos varas de empalmes, dos nuevas, dos o tres calzadas y dos o tres pulgares, ¿oyes?

—Sí, abuelo.

—Con el jerez o el tinto no lo harías así. Con el jerez o el tinto dejarías dos varas pulgares, dos yemas y un sacavinos, ¿oyes?

—Sí, abuelo.

Al concluir cada cepa el viejo enterraba cuidadosamente las ramas cortadas al pie del sarmiento para que le sirviera de abono. El niño se complacía en la obra de su abuelo e imaginaba que su obsesión por la higiene le venía del oficio: de tanto aligerar las parras de todo lo sucio, inútil o superfluo.

A pesar de ser hermanos, el abuelo Román era la antítesis del abuelo Abundio. Jamás se arrimaba al agua sino en enero, y esto porque, según decía el tío Rufo, el Centenario, «la liebre, en enero, cerca del agua». Se dejaba crecer las barbas y cada año, allá para mayo, se las rapaba, generalmente el 21, la víspera de Santa Rita. La última vez que se las cortó, a instancias de su hermano, fue en invierno y el hombre no pudo ni contarlo. El abuelo Román le decía al abuelo Abundio cada vez que lo sorprendía lavándose en la herrada: «Aparta, Abundio, hueles a ranas». Si pensaba, o hacía que pensaba, el abuelo Román introducía un dedo bajo la churretosa boinilla y se rascaba áspera, insistentemente, el cráneo. Así, una vez, cuando el Nini cumplió cuatro años, el abuelo Román le dijo:

—Mañana te vienes conmigo al campo.

Y salieron, bajo un sol de membrillo, y ya en los barbechos el abuelo Román se trocó en una especie de animal acechante. Andaba doblado en ángulo recto, aspirando sonoramente el viento por las narices, con una cachaba en cada mano, y hasta sus barbas parecían dotadas de una sensibilidad táctil. De cuando en cuando se detenía y observaba furtivamente en derredor, sin mover apenas la cabeza. Sus ojos, en esos casos, parecían cobrar vida independiente. En ocasiones, el abuelo Román ladeaba la cabeza para escuchar o se echaba al suelo y examinaba atentamente las piedras, los terrones y las pajas de los rastrojos. En una de sus inspecciones recogió una oscura bolita de sobre una lasca y sonrió golosamente como si fuera una perla y el niño se sobresaltó:

—¿Qué es, abuelo?

—¿No lo ves? La freza, Nini. No andará lejos, está todavía reciente.

—¿Qué es la freza, abuelo?

—¡Ji, ji, ji, la cagada! Pero ¿así andas?

De súbito, el abuelo Román se inmovilizó, con un dedo bajo la boina, los ojos fijos como dos botones, y dijo sin mover los labios:

—Ve, ahí está.

Lentamente se fue incorporando, clavó en el suelo una de las cachabas y colocó la gorra sobre el mango. Después, como sin querer la cosa, fue describiendo un pequeño semicírculo mientras, a media voz, daba instrucciones al niño:

—No te muevas, hijo, se marcharía. ¿Ves esa lasca blanca a dos metros de la cacha? Ve, ahí está aculada la zorra de ella. No te muevas, ¿oyes? ¿No ves qué ojos tiene la indina? Quieto, hijo, quieto.

El Nini no acertaba a ver la liebre, mas conforme el abuelo se aproximaba enarbolando la otra cachaba, la divisó. Los ojos amarillos del animal, clavados en la boina del abuelo, fosforecían entre los terrones. Poco a poco iban definiéndose para el niño los difusos contornos del animal: el hocico, las azuladas orejas pegadas al lomo, el trasero respaldado en la insignificante prominencia. La liebre, como las casas del pueblo, en prodigioso mimetismo, formaba un solo cuerpo con la tierra.

El abuelo se aproximaba a ella de costadillo, sin mirarla apenas, y cuando se halló a tres metros le lanzó violentamente la cayada describiendo molinctcs cn cl airc. La licbrc rccibió cl golpc sobrc cl lomo, sin moverse, y súbitamente se abrió como una flor y durante unos segundos se estremeció convulsivamente en el surco. El abuelo Román saltó sobre ella y la agarró por las orejas. Sus pupilas relampagueaban.

—Es como un perro de grande, Nini. ¿Qué te parece?

—Bien —dijo el niño.

—Fue todo limpio, ¿no?

—Sí.

Mas al chiquillo no le agradó la faena del abuelo. Por principio le repugnaba la muerte en todas sus formas. Con el tiempo apenas se modificó su actitud; es decir, sólo concebía muertas a las ratas que eran su sustento y a los cuervos y las urracas porque su fúnebre plumaje le recordaba el entierro del abuelo Román y la abuela Iluminada, los dos ataúdes juntos sobre el carro de la Simeona. Por la misma razón odiaba el niño a Matías Celemín, el Furtivo. El abuelo, al menos, se enfrentaba con las liebres a cuerpo limpio, en tanto el Furtivo las achicharraba en la cama, volándoles el cráneo de una perdigonada, sin darles opción.

A pesar de todo, el Furtivo no perdía la esperanza.

—Nini, bergante, dime dónde anda el tejo. Un duro te doy si aciertas.

Los ojos del Furtivo eran grises y pugnaces como los de un águila. Su piel, quemada por el sol y los vientos de la meseta, se fruncía en mil pliegues cuando reía, que era cada vez que se dirigía al niño, y su boca mostraba, en esos casos, unos atemorizadores dientes carniceros.

Junto al abuelo Román, el Nini aprendió a conocer las liebres; aprendió que la liebre levanta larga o se amona entre los terrones; que en los días de lluvia rehúye las cepas y los pimpollos; que si sopla norte, se acuesta al sur del monte o del majuelo y, si sur, al norte; que en las soleadas mañanas de noviembre busca la amorosa abrigada de las laderas. Aprendió a distinguir la liebre de los bajos, parda como la tierra de la cuenca, de la del monte, roja como la tierra del monte. Aprendió que la liebre ve lo mismo de día que de noche e, incluso, cuando duerme; aprendió a distinguir el sabor de la liebre cazada a escopeta, del de la cazada a golpes y del de la cazada a galgo, un si es no es incisivo y ácido a causa de la carrera. Aprendió, en fin, a descubrirlas en la cama con la misma rotundidad que si se tratara de un cuervo, y a definir, en el espeso silencio de la noche, su llamada áspera y gutural.

Pero también aprendió el niño, junto al abuelo Román, a intuir la vida en torno. En el pueblo, las gentes maldecían de la soledad, y ante los nublados, la sequía o la helada negra, blasfemaban y decían: «No se puede vivir en este desierto». El Nini, el chiquillo, sabía ahora que el pueblo no era un desierto y que en cada obrada de sembrado o de baldío alentaban un centenar de seres vivos. Le bastaba agacharse y observar para descubrirlos. Unas huellas, unos cortes, unos excrementos, una pluma en el suelo le sugerían, sin más, la presencia de los sisones, las comadrejas, el erizo o el alcaraván.

Pero una vez —para Santa Escolástica haría dos años— el abuelo Román se rapó las barbas y enfermó. A la abuela Iluminada, que le velaba cada noche en la cueva, la encontraron tiesa un amanecer, sentada en el tajuelo, sin descomponer el gesto ni la figura, tal como dormida. La abuela Iluminada hacía cada año la matanza para los pudientes de los alrededores y ella se vanagloriaba de que ningún cerdo gruñía más de tres veces después de asestarle el golpe de gracia, y de que nunca, en su larga vida, hizo mierda al sajar la membrana del animal.

Al llegar a la cueva el carro de la Simeona con el ataúd, el abuelo Román había muerto también y hubo necesidad de bajar por otro. El borrico de la Simeona arrastraba alegremente los dos féretros cárcava abajo, pero al llegar al puentecillo la rueda izquierda se hundió en una de las juntas y cayó al río. El ataúd de la abuela Iluminada se abrió entonces y ella apareció mirándoles tranquilamente, la boca abierta, como sorprendida, y las manos en el regazo. Pero allí, dentro del cajón, flotando en las sucias aguas, parecía una mujer en conserva. La señora Clo, la del Estanco, al comentar la serena pasividad del cadáver, decía que a la Iluminada, hecha a vivir bajo tierra, la muerte no la espantaba.

Cuando el Nini y el tío Ratero regresaron del camposanto, el abuelo Abundio se había largado ya, nadie sabía dónde, con sus navajas y sus tijeras de podador.

IV

El tío Ratero se reclinó, aplastó una oreja contra el suelo y auscultó insistentemente las entrañas de la tierra. Al cabo se incorporó, apuntó con el pincho de hierro la hura junto al cauce y dijo:

—Aquí la hay.

La perra agitó el muñón y olfateó con avidez la boca de la hura. Finalmente se alebró, la pequeña cabeza ladeada, y quedó inmóvil, al acecho.

—Ojo, chita —dijo el Ratero, y de un solo golpe hundió el pincho de hierro a un metro de la ribera.

La rata cruzó rauda junto al hocico del animal, escabulléndose, con un rumor de hojarasca, entre los carrizos resecos de la orilla.

El Nini voceó:

—¡Hala con ella!

La Fa se arrancó como una centella tras la rata. El hombre y el niño corrían por el ribazo, estimulando con sus gritos al animal. Se originó una persecución accidentada entre los despojos de los carrizos y la correguela. La perra, en su frenesí, quebraba los frágiles tallos de las espadañas y las mazorcas se desplomaban sobre el riachuelo y la corriente las agitaba mansamente en un movimiento de vaivén. La perra, de pronto, se detuvo. El tío Ratero y el Nini conocían su situación exacta por las esbeltas espadañas erectas, allí donde concluía la oquedad abierta entre la maleza.

—Tráela, Fa —dijo el Nini.

Las espadañas se agitaron un momento, se oyó un sordo rumor de lucha y, al cabo, un breve gruñido, y el tío Ratero dijo:

—Ya la tiene.

La perra regresó junto a ellos, con la rata atravesada en la boca, moviendo el rabo cercenado jubilosamente. El tío Ratero le quitó a la perra la rata de la boca.

—Es un buen macho —dijo.

Los dientes de la rata asomaban bajo el hocico en una demostración de agresividad inútil.

Desde San Zacarías, el hombre y el niño bajaban al cauce cada mañana. Esto fue así desde que el Nini tuvo uso de razón. Había que aprovechar la otoñada y el invierno. En estas estaciones, el arroyo perdía la fronda, y las mimbreras y las berreras, la menta y la correguela formaban unos resecos despojos entre los cuales la perra rastreaba bien. Tan sólo los carrizos, con airosos plumeros, y las espadañas con sus prietas mazorcas fijaban en el río una muestra de permanencia y continuidad. Las ralas junqueras de las orillas amarilleaban en los extremos, como algo decadente, abocado también a sucumbir. Sin embargo, año tras año, al llegar la primavera, el cauce reverdecía, las junqueras se estiraban de nuevo, los carrizos se revestían de hojas lanceoladas y las mazorcas de las espadañas reventaban inundando los campos con las blancas pelusas de los vilanos. La pegajosa fragancia de la hierbabuena loca y la florecilla apretada de las berreras, taponando las sendas, imposibilitaban a la perra todo intento de persecución. Había llegado el momento de la veda y el tío Ratero, respetando el celo de las ratas, se recogía en su cueva hasta el próximo otoño.

El tío Ratero no pretendía exterminar a las ratas. En ocasiones, si la perra hacía una muestra y él observaba a la entrada de la hura cuatro yerbajos resecos, la disuadía:

—Está anidando, vamos.

La perra se retiraba sin oponer resistencia. Entre ella, el Nini y el tío Ratero existía una tácita comprensión. Los tres sabían que destruyendo las camadas no conseguirían otra cosa que quedarse sin pan. Las ratas se reproducían cada seis semanas y de cada parto echaban cinco o seis crías. En definitiva, una camada suponía, por lo bajo, cuarenta reales, que no eran cosa de desdeñar. Análoga actitud pasiva adoptaba la Fa si la cueva se abría bajo el nivel del agua, a sabiendas de que su participación era inútil. En esos casos, el tío Ratero había de valerse por sí mismo. Colocaba la mano derecha en el cieno del fondo adaptando la concavidad de la palma a las dimensiones de la hura; luego pinchaba con la izquierda y el brusco chapoteo de la rata al huir le advertía su presencia. A poco sentía en la piel un cosquilleo viscoso y entonces cerraba de golpe su mano poderosa e izaba triunfante a la superficie la presa asida por el morro. Le bastaba un violento tirón del rabo para quebrarle el espinazo.

Por San Sabas le mordió una rata al tío Ratero. Para entonces hacía casi cuatro semanas que en el pueblo había concluido la sementera. El señor Rufo, el Centenario, solía decir: «Después de Todos los Santos, siembra trigo y coge cantos», y los campesinos ponían un cuidado supersticioso en no rebasar esa fecha. Y este año, como si obedecieran una consigna, flameaba en cada parcela, clavado en una estaca, boca abajo, el cadáver de un cuervo. Los grajos merodearon dos días desconcertados por las inmediaciones y finalmente levantaron el vuelo en dirección norte. Virgilín Morante, el de la señora Clo, se reía en la taberna:

—Los de Torrecillórigo nos lo van a agradecer —decía.

Pero se fueron los cuervos y, a cambio, la lluvia empezó a demorar. Y decía el Rosalino, el Encargado de don Antero, el Poderoso:

—Si no llueve para Santa Leocadia habrá que resembrar.

Y el Pruden, a quien las adversidades afinaban la suspicacia, le contestó que el mal era para los pobres, puesto que utilizando la máquina, como hacían ellos, bien poco costaba hacerlo. El señor Rosalino, que alcanzaba con la cabeza y sin empinarse las primeras ramas de los chopos de la ribera, soltó una carcajada:

—A voleo no siembran ya más que los mendigos y los tontos —dijo.

Por la tarde, el Pruden se había presentado en la cueva desolado:

—Nini, no llueve, ¿qué demonios haríamos para llover?

—Esperar —dijo el niño gravemente. Y el Pruden bajó los ojos porque la serena mirada del Nini lo confundía.

Por San Sabas, cuando la rata le mordió un dedo al tío Ratero, flotaba en el cielo quedo de otoño un sol rojo y turgente como un globo. De la parte del pueblo una tibia calina se fundía con el humo rastrero de la paja quemada en los hogares. El alcotán palomero se cernía sobre el campanario agitando frenéticamente las alas, pero sin avanzar ni retroceder.

El niño oteó el cielo en la línea de los cerros y dijo:

—Lo mismo llueve mañana.

—Lo mismo —dijo el Ratero, y se sentó pesadamente en el ribazo.

El tío Ratero abrió la alforja y sacó medio pan con tocino dentro. Lo partió y ofreció la mitad al niño. Luego fue dividiendo el tocino y llevándose los pedazos a la boca pinchados en la punta de la navaja.

—¿Duele eso? —dijo el niño.

El Ratero se miró el dedo encallecido con los tres puntazos sanguinolentos:

—No duele ya —dijo.

Detrás de la telera que abonaba las tierras de Justito, el Alcalde, sonó el cascabeleo del rebaño del Rabino Grande, el Pastor. El Moro, el perro, se había anticipado y les miraba comer moviendo resignadamente la cola. Al cabo de un rato se aproximó a la perra y la Fa le gruñó mostrándole los colmillos.

El Rabino Grande traía el poncho de piel de oveja sobre un hombro y dijo después de mirar al sol:

—¿Es que no queda ya en el cielo una gota de agua?

Lió un cigarrillo sin aguardar respuesta, lo prendió, dio dos profundas chupadas y se quedó mirando para el chisquero de yesca con resentimiento:

—¿Pues no salen ahora con que hay que pagar por esto? —dijo.

El tío Ratero ni le miró. Agregó el Rabino Grande:

—Antes lo tiro al río, ya ves tú.

Fumaba de pie, apoyado en la cayada, inmóvil, la vista en el infinito, como una estatua. Las esquilas de las ovejas sonaban en derredor. Dijo el Ratero súbitamente:

—¿Viste a ése?

Señalaba con el dedo pulgar en dirección a Torrecillórigo.

—Aún no salió este año —dijo el Pastor sin alterar la postura.

—Malvino le vio —dijo el Ratero.

—No es cierto eso.

—Malvino le vio —insistió el Ratero.

En la taberna, Malvino le había advertido la víspera: «Ojo con ése, Ratero; viene a quitarte el pan. Antes de que él naciera ya andabas tú en el oficio».

El Rabino Grande, el Pastor, lanzó la colilla al río. Dijo, después de mucho pensarlo:

—Ponme un par de ratas, tú, anda. A siete reales, ¿verdad?

—A ocho —dijo el Nini.

—Bien, pero dame aquel macho.

El tío Ratero se incorporó, se estiró perezosamente y oteó a lo largo del cauce, protegiéndose del sol con la mano.

Dijo el Pastor enojado:

—Te digo que no salió, Ratero. ¿No basta con mi palabra?

—Malvino le vio —insistió entre dientes el Ratero.

El Rabino Grande palpó golosamente los lomos de las ratas antes de guardarlas. Dijo al marchar:

—Que pinte bien.

Al caer el sol, el hombre y el niño regresaron al pueblo. La calina se adensaba sobre las casas, y los sembrados y los barbechos endurecidos crujían bajo los pies. La perra, aspeada, caminaba tras ellos cansinamente. Las palomas del Justito ya se habían recogido, y apenas cuatro rapaces animaban con sus juegos las yertas calles del pueblo.

En la taberna, por contra, había cierta animación. Una desnuda bombilla derramaba su luz amarillenta sobre las mesas. Frutos, el Jurado, jugaba en la del fondo su interminable partida de dominó con Virgilín Morante, el marido de la señora Clo, que canturreaba maquinalmente y subrayaba los finales de estrofa golpeando el tablero con las fichas.

Dijo el Pruden apenas les vio:

—Malvino, pon un vaso para el Ratero.

Era un hecho anómalo, pues el Pruden tenía fama de mezquino. Pero el Pruden esta noche parecía soliviantado. Tomó al Nini nerviosamente por el pescuezo y le explicó confusamente algo sobre un plan de regadío de que hablaba el diario y que alcanzaría hasta el pueblo. Dijo impulsivamente al niño, según se sentaba en el banco del fondo:

—Date cuenta, Nini, si llueve como si no. Cuando el Pruden quiera agua no tiene más que levantar la compuerta y ya está. ¿Te das cuenta? Dejaremos de vivir aperreados mirando al cielo todo el día de Dios.

Se hizo una larga pausa. Tan sólo se sentían los golpes de la fichas de dominó y, enlazándolos, el reiterado estribillo de Virgilín Morante. Al cabo, dijo el Centenario con su voz chillona desde la esquina opuesta:

—Si los planes hicieran cundir los trigos, a estas horas no quedaría sitio en las paneras.

Se abrió otra pausa. El Pruden miraba fijamente al Nini, pero el Nini no despegó los labios. Dijo con sorna un hombre con los hombros encogidos, en la mesa inmediata:

—Pon dos vasos. Antes de que llegue el agua vamos a terminar con el vino.

Fuera era ya oscuro y una luna glauca y enfermiza asomó tras el Cerro Colorado y fue elevándose lánguidamente sobre un cielo alto, extrañamente mineralizado.

V

Por San Dámaso, la señora Clo, la del Estanco, mandó razón al Nini y lo condujo hasta la pocilga:

—Tienta, hijo; ya está metido en arrobas, creo yo.

El niño midió el marrano:

—Tiene una cuarta de lomo —dijo.

Pero llovía y nada se podía hacer. Para San Nicasio escampó, mas el Nini oteó el cielo y dijo:

—Deje, señora Clo, todavía hay blandura. Hemos de aguardar a que el cielo arrase.

Desde que tuvo uso de razón, el Nini siempre oyó decir que la señora Clo, la del Estanco, era la tercera rica del pueblo. Delante estaban don Antero, el Poderoso, y doña Resu, el Undécimo Mandamiento. Don Antero, el Poderoso, poseía las tres cuartas partes del término; doña Resu y la señora Clo sumaban, entre las dos, las tres cuartas partes de la cuarta parte restante, y la última cuarta parte se la distribuían, mitad por mitad, el Pruden y el puñado de vecinos del lugar. Esto no impedía a don Antero, el Poderoso, manifestar frívolamente en su tertulia de la ciudad que «por lo que hacía a su pueblo, la tierra andaba muy repartida». Y tal vez porque lo creía así, don Antero, el Poderoso, no se andaba con remilgos a la hora de defender lo suyo y el año anterior le puso pleito al Justito, el Alcalde, por no trancar el palomar en la época de sementera. Bien mirado, no pasaba año sin que don Antero, el Poderoso, armara en el pueblo dos o tres trifulcas, y no por mala fe, al decir del señor Rosalino, el Encargado, sino porque los inviernos en la ciudad eran largos y aburridos y en algo había de entretenerse el amo. De todos modos, por Nuestra Señora de las Viñas, la fiesta del pueblo, don Antero alquilaba una vaca de desecho para que los mozos la corriesen y apalearan a su capricho, y de este modo se desfogasen de los odios y rencores acumulados en sus pechos en los doce meses precedentes.

Tres años atrás, con motivo de esta circunstancia, el Nini estuvo a punto de complicar las cosas. Y a buen seguro algo gordo hubiera ocurrido sin la intervención de don Antero, el Poderoso, que aspiraba a hacer del niño un peón ejemplar. El caso es que el Nini, compadecido de los desgarrados mugidos de la vaca en la alta noche, se llegó a las traseras de don Antero, el Poderoso, y le dio suelta. En definitiva de bien poco sirvió su gesto, ya que cuando el animal tornó al redil, tras una accidentada captura en el descampado, llevaba un cuerno tronzado, el testuz sangrante y el lomo literalmente cubierto de mataduras. Pero aún pudo embrollarse más el asunto cuando Matías Celemín, el Furtivo, apuntó aviesamente: «Esto es cosa del bergante del Nini». Menos mal que don Antero conocía ya sus habilidades y su ciencia infusa y le dijo al señor Rosalino, el Encargado: «¿No es el Nini el hijo del Ratero, el de la cueva, ese que sabe de todo y a todo hace?». «Ése, amo», dijo el señor Rosalino. «Pues déjale trastear y el día que cumpla los catorce lo arrimas por casa.»

Durante el invierno, helaba de firme y don Antero, el Poderoso, asomaba poco por el pueblo. Tampoco la señora Clo ni el Undécimo Mandamiento asomaban por sus tierras en invierno ni en verano, ya que las tenían dadas en arriendo. Pero mientras doña Resu cobraba sus rentas puntualmente en billetes de banco, lloviera o no lloviera, helara o apedreara, la señora Clo, la del Estanco, cobraba en trigo, en avena o en cebada si las cosas rodaban bien, y en buenas palabras si las cosas rodaban mal o no rodaban. Y en tanto el Undécimo Mandamiento no se apeaba del «Doña», la estanquera era «la señora Clo» a secas; y mientras el Undécimo Mandamiento era enjuta, regañona y acre, la señora Clo, la del Estanco, era gruesa, campechana y efusiva; y mientras doña Resu, el Undécimo Mandamiento, evitaba los contactos populares y su única actividad conocida era la corresponsalía de todas las obras pías y la maledicencia, la señora Clo, la del Estanco, era buena conversadora, atendía personalmente la tienda y el almacén, y se desvivía antaño por la pareja de camachuelos, y hogaño por su marido, el Virgilio, un muchacho rubio, fino e instruido, que se trajo de la ciudad y del que el Malvino, el Tabernero, decía que había colgado el sombrero.

El Nini, el chiquillo, tuvo una intervención directa en el asunto de los camachuelos. Los pájaros se los envió a la señora Clo, todavía pollos, su cuñada, la de Mieres, casada con un empleado de Telégrafos. Ella los encerró en una hermosa jaula dorada, con los comederos pintados de azul, y los alimentaba con cañamones y mijo, y por la noche introducía en la jaula un ladrillo caliente forrado de algodones para que los animalitos no echasen en falta el calor materno. Ya adultos, la señora Clo sujetaba entre los barrotes de la jaula una hoja de lechuga y una piedrecita de toba, aquélla para aligerarles el vientre y ésta para que se afilasen el pico. La señora Clo, en su soledad, charlaba amistosamente con los pájaros y, si se terciaba, los reprendía amorosamente. Los camachuelos llegaron a considerarla una verdadera madre y cada vez que se aproximaba a la jaula el macho ahuecaba el plumón asalmonado de la pechuga como si se dispusiera a abrazarla. Y ella decía melifluamente: «¿A ver quién es el primero que me da un besito?». Y los pájaros se alborotaban, peleándose por ser los primeros en rozar su corto pico con los gruesos labios de la dueña. Aún advertía la señora Clo si regañaban entre sí: «Mimos, no, ¿oís? Mimos, no».

Para San Félix de Cantalicio haría cuatro años, el Nini regaló a la señora Clo un nido vacío de pardillos, advirtiéndola que los camachuelos procreaban en cautividad, y la mujer experimentó un júbilo tan intenso como si le anunciara que iba a ser abuela. Y, en efecto, una mañana, al despertar, la señora Clo observó estupefacta que la hembra yacía sobre el nido y cuando ella se aproximó a la jaula no acudió a darle el beso acostumbrado.

El animalito no cambió de postura mientras duró la incubación y al cabo de unos días aparecieron en el nido cinco pollitos sonrosados y la señora Clo, enternecida, se precipitó a la calle y comenzó a pregonar la novedad a los cuatro vientos. Mas fue la suya una ilusión efímera, pues a las pocas horas morían dos de las crías y las otras tres comenzaron a abrir y cerrar el pico con tales apremios que se diría que les faltaba aire que respirar. La señora Clo envió razón al Nini y, aunque el niño, en las horas que siguieron, vigiló atentamente a los pájaros y se esforzó por hacerles ingerir bayas silvestres y semillas de todas clases, de madrugada murieron los otros tres pequeños camachuelos y la señora Clo, inconsolable, marchó a la ciudad, donde su hermana, para tratar de olvidar. Doce días más tarde regresó, y el Nini, que estaba junto a la Sabina, que había quedado al encargo de la tienda, observó que los ojos de la señora Clo resplandecían como los de una colegiala. Le dijo a la Sabina con torpe premura: «Para San Amancio estás de boda, Sabina; él se llama Virgilio Morante y es rubio y tiene los ojos azules como un dije».

Y cuando el Virgilio Morante llegó al pueblo, tan joven, tan crudo, tan poca cosa, los labriegos lo miraron con desdén y el Malvino empezó a decir en la taberna que el muchachito era un espabilado que había colgado el sombrero. Pero de que el Virgilio se tomó dos vasos y se arrancó por *Los Campanilleros* e hizo llorar al tío Rufo, el Centenario, de sentimiento, cundió entre todos la admiración y un lejano respeto, y así que le echaban la vista encima le decían:

—Anda, Virgilín, majo, tócate un poco.

Y él los complacía o, si acaso, argumentaba:

—Hoy no, disculpadme. Estoy afónico.

Y durante la matanza, las conversaciones en casa de la señora Clo dejaron de tener sentido. La gente acudía allí sólo por el gusto de oír cantar a Virgilín Morante. Y hasta el Nini, el chiquillo, que desde el fallecimiento de la abuela Iluminada ejercía de matarife, se sentía un poco disminuido.

Por San Albino el cielo arrasó y el Nini bajó al pueblo y paseó el cerdo de la señora Clo durante una hora y le dictaminó una dieta de agua y salvado. Dos días más tarde cayó sobre el pueblo una dura helada. Por entonces los escribanos y los estorninos ya habían mudado la pluma, luego era el invierno y los terrones rebrillaban de escarcha y se tornaron duros como el granito y el río bajaba helado, y cada mañana el pueblo se desperezaba bajo una atmósfera de cristal, donde hasta el más leve ruido restallaba como un latigazo.

Al llegar el Ratero y el Nini con el alba donde la señora Clo, reinaba en la casa un barullo como de fiesta. De la ciudad habían bajado los sobrinos y también estaban allí la Sabina y el Pruden y su chico, el Mamertito, y la señora Librada, y Justito, el Alcalde, y el José Luis, el Alguacil, y el Rosalino, el Encargado, y el Malvino, y el Mamés, el Mudo, y el Antoliano y el señor Rufo, el Centenario, con su hija la Simeona, y al entrar ellos el Virgilio se había arrancado con mucho sentimiento y todos escuchaban boquiabiertos y al concluir le ovacionaron y el Virgilio, para disimular su azoramiento, distribuyó entre la concurrencia unos muerdos de pan tostado y unas copas de aguardiente. La lumbre chisporroteaba al fondo y sobre la mesa y los vasares la señora Clo había dispuesto, ordenadamente, la cebolla, el pan migado, el arroz y el azúcar para las morcillas. Al pie del fogón, donde se alineaban por tamaños los cuchillos, había un barreñón, tres herradas y una caldera de cobre brillante para derretir la manteca.

En el corral, los hombres se despojaron de las chaquetas de pana y se arremangaron las camisas a pesar de la escarcha y de que el aliento se congelaba en el aire. El Centenario, en el centro del grupo, arrastraba pesadamente los pies y se frotaba una mano con otra mientras salmodiaba: «En martes ni tu hijo cases ni tu cerdo mates». La señora Clo se volvió irritada al oírle: «Déjate de monsergas. Y si no te gusta, te largas». Luego se fue derecha a su marido, que se había arremangado como los demás y mostraba unos bracitos blancos y sin vello, y le dijo: «Tú no, Virgilio. Podrías enfriarte».

El Antoliano abrió la cochiquera y tan pronto el marrano asomó la cabeza le prendió por una oreja con su mano de hierro y le obligó a tumbarse de costado, ayudado por el Malvino, el Pruden y el José Luis. Los chiquillos, al ver derribado el cochino —que bramaba como un condenado y a cada berrido se le formaba en torno al hocico una nube de vapor—, se envalentonaron y comenzaron a tirarle del rabo y a propinarle puntapiés en la barriga. Luego, entre seis hombres, tendieron al animal en el banco y el Nini le auscultó, trazó una cruz con un pedazo de yeso en el corazón y cuando el tío Ratero acuchilló con la misma firmeza con que clavaba la pincha en el cauce, el niño volvió la espalda y fue contando, uno a uno, los gruñidos hasta tres. De pronto, el Pruden voceó:

—¡Ya palmó!

El Nini, entonces, dio media vuelta, se aproximó al cerdo y, con dedos expeditos, introdujo una hoja de berza en el ojal sanguinolento para reprimir la hemorragia y, finalmente, abrió la boca del animal y le puso una piedra dentro.

Los hombres hacían corro en derredor de él y las mujeres cuchicheaban más atrás. Se oyó apagadamente la voz de la Sabina:

—¡Qué condenado crío! Cada vez que lo veo así me recuerda a Jesús entre los doctores.

El Nini procuraba ahuyentar el recuerdo de la abuela Iluminada para no cometer errores. Diestramente forró el cadáver del animal con paja de centeno y le prendió fuego; tomó una brazada ardiendo y fue quemando meticulosamente las oquedades de los sobacos, las pezuñas y las orejas. Se alzó un desagradable olor a chamusquina y, al concluir, el Mamertito, el chico del Pruden, y los sobrinos de la señora Clo descalzaron al bicho y comieron las chitas.

Había llegado el momento de la prueba, no porque el sajar al cerdo fuera tarea difícil, sino porque en esta coyuntura la referencia a la abuela Iluminada era inevitable. Al Nini le tembló ligeramente la mano que empuñaba el cuchillo cuando el Malvino voceó a su espalda:

—¡Ojo, Nini, tu abuela en este trance nunca hizo mierda!

El niño trazó mentalmente una línea equidistante de las mamas y tiró la bisectriz de la papada al ano sin vacilar. Luego, al dividir delicadamente la telilla intestinal de un solo tajo, le rodeó un murmullo de admiración. El hedor de los intestinos era fuerte y nauseabundo y él los volcó en herradas distintas y, para terminar, introdujo en la abertura dos estacas haciendo cuña. Al cabo, el Antoliano y el Malvino le ayudaron a colgar el marrano boca abajo. Del hocico escurría un hilillo de sangre fluida que iba formando un pequeño charco rojizo sobre las lajas escarchadas del corral.

La señora Clo se aproximó al Nini, que se lavaba las manos en una herrada, y le dijo cálidamente:

—Trabajas más aprisa y más por lo fino que tu abuela, hijo.

El Nini se secó en los pantalones. Preguntó:

—¿Habrá que bajar al descuartizado, señora Clo?

Ella tomó una herrada de cada mano:

—Deja, para eso ya me apaño —dijo.

Se dirigió hacia la casa donde acababan de entrar los hombres y desde la puerta voceó, ladeando un poco la cabeza:

—Pasa a comer un cacho con los hombres, Nini.

En la cocina los invitados hablaban y reían sin fundamento, excepto el tío Ratero, que miraba a unos y otros estúpidamente, sin comprenderlos. Las narices y las orejas eran de un rojo bermellón, pero ello no impedía que los hombres se pasaran la bota y la bandeja sin descanso. De súbito, el Pru-

den, sin venir a qué, o tal vez porque por San Dámaso había llovido y ahora lucía el sol, soltó una
risotada y después se dirigió al Nini en un empeño
obstinado por comunicarle su euforia:

—¿Es que no sabes reír, Nini? —dijo.

—Sí sé.

—Entonces, ¿por qué no ríes? Échate una carcajada, leche.

El niño le miraba fija, serenamente:

—¿A santo de qué? —dijo.

El Pruden tornó a reír, esta vez forzadamente.
Luego miró a uno y otro, como esperando apoyo,
mas como todos rehuyeran su mirada, bajó los ojos
y añadió oscuramente:

—¡Qué sé yo a santo de qué! Nadie necesita un
motivo para reír, creo yo.

VI

Pero el Nini reía a menudo, aunque nunca lo hi-
ciera a tontas y a locas como los hombres en las
matanzas, o como cuando se emborrachaban en la
taberna del Malvino, o como cuando veían caer el
agua del cielo después de esperarla ansiosamente
durante meses enteros. Tampoco reía como Matías Celemín, el Furtivo, cada vez que se dirigía a
él, frunciendo en mil pliegues su piel curtida como
la de un elefante y mostrando amenazadoramente
sus dientes carniceros.

El Nini no experimentaba por el Furtivo la menor simpatía. El niño aborrecía la muerte, en particular la muerte airada y alevosa, y el Furtivo se jactaba de ser un campeón en este aspecto. En puridad, a Matías Celemín le empujaron las circunstancias. Y si tuvo alguna vez instintos carniceros, los ocultó celosamente hasta después de la guerra. Pero la guerra truncó muchas vocaciones y acorchó muchas sensibilidades y determinó muchos destinos, entre otros el de Matías Celemín, el Furtivo.

Antes de la guerra, Matías Celemín salía a las licitaciones de los pueblos próximos y remataba tranquilamente por un pinar albar cuatro o cinco mil reales. El Furtivo prejuzgaba que no se cogería los dedos porque él sabía barajar en su cabeza hasta cinco mil reales y sumar y restar de ellos la cuenta de los apaleadores y, en definitiva, si sacaría o no de su inversión algún provecho. Pero llegó la guerra y la gente empezó a contar por pesetas y en las licitaciones se pujaba por veinte y hasta por treinta mil y a esas cifras él no alcanzaba porque además había de multiplicarlas por cuatro para reducirlas a reales, que era la unidad que manejaba; en las subastas se le llenaba la cabeza como de humo y no osaba salir. Empezó a amilanarse y a encogerse. No bastaba que le dijeran: «Matías, la vida está diez veces». El Furtivo, pasando de los cinco mil reales, era un ser inútil, y fue entonces cuando se dijo: «Matías, por una perdiz te dan cien reales limpios de polvo y paja y cuatrocientos por un raposo, y no digamos nada por un tejo». Y, de repente, se sintió capaz de pensar tan derecha o tan torcidamente como los raposos y los tejos, y aun de jugársela. Y se sintió capaz, asimismo, de calcular el precio de un cartucho fabricando la pólvora en casa con clorato y azúcar y cargándolo con cabezas de clavos. Y a partir de aquel día se le empezó a afilar la mirada y a curtírsele la piel, y en el pueblo, cuando alguien lo mentaba, decían: «Huy, ése». Y doña Resu, el Undécimo Mandamiento, era aún más contundente y decía que era un vago y un maleante, un perdido como los de las cuevas y como los extremeños.

Matías Celemín, el Furtivo, solía velar de noche y dormir de día. La aurora le sorprendía generalmente en el páramo, en la línea del monte, y para esa hora ya tenía colocados media docena de lazos para las liebres que regresaban del campo, un cepo para el raposo y un puñado de lanchas y alares en los pasos de la perdiz. A veces aprovechaba el carro de la Simeona o el Fordson del Poderoso para arrimarse a un bando de avutardas y cobrar un par de piezas de postín. El Furtivo no respetaba leyes ni reglamentos y en primavera y verano salía al campo con la escopeta al hombro como si tal cosa, y si acaso tropezaba con Frutos, el Jurado, le decía: «Voy a alimañas, Frutos, ya lo sabes». Y Frutos, el Jurado, se limitaba a decir: «Ya, ya», y le guiñaba un ojo. Para Frutos, el Jurado, la intemperie era insana porque el sol se come la salud de los hombres lo mismo que los colores de los vestidos de las muchachas y, por esta razón, se pasaba las horas muertas donde el Malvino jugando al dominó.

Con frecuencia, la astucia del Furtivo era insuficiente y, entonces, recurría al Nini:

—Nini, bergante, dime dónde anda el tejo. Un duro te doy si aciertas.

O bien:

—Nini, bergante, llevo una semana tras el raposo y no le pongo la vista encima. ¿Lo viste tú?

El niño se encogía de hombros sin rechistar. El Furtivo, entonces, lo zarandeaba brutalmente y le decía:

—¡Demonio de crío! ¿Es que nadie te ha enseñado a reír?

Pero el Nini sí sabía reír, aunque solía hacerlo a solas y tenuemente y, por descontado, a impulso de algún razonable motivo. Llegada la época del apareamiento, el niño subía frecuentemente al monte de noche, y, al amanecer, cuando los trigos verdes recién escardados se peinaban con la primera brisa, imitaba el áspero chillido de las liebres y los animales del campo acudían a su llamada, mientras el Furtivo, del otro lado de la vaguada, renegaba de su espera inútil. El Nini reía arteramente y volvía a reír para sus adentros cuando, de regreso, se hacía el encontradizo con el Furtivo y Matías le decía malhumorado:

—¿De dónde vienes, bergante?

—De coger níscalos. ¿Hiciste algo?

—Nada. Una condenada liebre no hacía más que llamar desde la vaguada y se llevó el campo.

Repentinamente el Furtivo se volvía a él, receloso:

—No sabrás tú por casualidad hacer la chilla, ¿verdad, Nini?

—No. ¿Por qué?

—Por nada.

En otras ocasiones, si el Furtivo salía con la Mita, la galga, el Nini se ocultaba, camino del perdedero, y cuando la perra llegaba jadeante, tras de la liebre, él, desde su escondrijo, la amedrentaba con una vara y la Mita, que era cobarde, como todos los galgos, abandonaba su presa y reculaba. El Nini, el chiquillo, también reía silenciosamente entonces.

En todo caso, el Nini sabía reír sin necesidad de jugársela al Furtivo. Durante las lunas de primavera, el niño gustaba de salir al campo y agazapado en las junqueras de la ribera veía al raposo descender al prado a purgarse aprovechando el plenilunio que inundaba la cuenca de una irreal, fosforescente claridad lechosa. El zorro se comportaba espontáneamente, sin recelar su presencia. Pastaba cansinamente la rala hierba de la ribera y, de vez en cuando, erguía la hermosa cabeza y escuchaba atentamente durante un rato. Con frecuencia, el destello de la luna hacía relampaguear con un brillo verde claro sus rasgados ojos y, en esos casos, el animal parecía una sobrenatural aparición. Una vez el Nini abandonó gritando su escondrijo cuando el zorro, aculado en el prado, se rascaba confiadamente y el animal, al verse sorprendido, dio un brinco gigantesco y huyó, espolvoreando con el rabo su orina pestilente. El niño reía a carcajadas mientras lo perseguía a través de las junqueras y los sembrados.

Otras noches el Nini, oculto tras una mata de encina, en algún claro del monte, observaba a los conejos, rebozados de luna, corretear entre la maleza levantando sus rabitos blancos. De vez en cuando asomaba el turón o la comadreja y entonces se producía una frenética desbandada. En la época de celo, los machos de las liebres se peleaban sañudamente ante sus ojos, mientras la hembra aguardaba al vencedor, tranquilamente aculada en un extremo del claro. Y una vez concluida la pelea, cuando el macho triunfante se encaminaba hacia ella, el Nini remedaba la chilla y el animal se revolvía, las manos levantadas, en espera de un nuevo adversario. Había noches, a comienzos de primavera, en que se reunían en el claro hasta media docena de machos, y entonces la pelea adquiría caracteres épicos. Una vez presenció el niño cómo un macho arrancaba de cuajo la oreja a otro de un mordisco feroz y el agudo llanto del animal herido ponía en el monte silencioso, bajo la luz plateada de la luna, una nota patética.

Para San Higinio, Matías Celemín, el Furtivo, cobró un hermoso ejemplar de zorro. Por esas fechas habían terminado las matanzas y transcurrido las Pascuas, pero el clima seguía áspero y por las mañanas las tierras amanecían blancas como después de una nevada. Aparte mover el estiércol y desmatar los sembrados, nadie tenía entonces nada que hacer en el campo excepto el Furtivo. Y éste, según descendía del páramo, aquella mañana, se desvió ligeramente sólo por el gusto de pasar junto a la cueva y mostrar al niño su presa:

—¡Nini! —voceó—. ¡Nini! ¡Mira lo que te traigo, bergante!

Era una hermosa raposa de piel rojiza con un insólito lunar blanco en la paletilla derecha. El Furtivo la apretó una mama y brotó un chorrito de un líquido consistente y blanquecino. Levantó luego el animal en alto para que el niño lo contemplara a su capricho.

—Hembra y criando —dijo—. ¡Una fortuna! Si el Justito no se rasca el bolso en forma, me largo con ella a la ciudad, ya ves.

Las pulgas abandonaban el cuerpo muerto y buscaban el calor de la mano del Furtivo. El Nini persiguió al hombre con la mirada, lo vio atravesar el puentecillo de tablas, con la raposa muerta en la mano, y perderse dando voces tras el Pajero del pueblo.

A la noche, tan pronto sintió dormir al tío Ratero, se levantó y tomó la trocha del monte. La Fa brincaba a su lado y, bajo el desmayado gajo de luna, la escarcha espejeaba en los linderones. La madriguera se abría en la cara norte de la vaguada y el niño se apostó tras una encina, la perra dócilmente enroscada bajo sus piernas. La escarcha le mordía, con minúsculas dentelladas, las yemas de los dedos y las orejas, y los engañapastores aleteaban blandamente por encima de él, muy cerca de su cabeza.

Al poco rato sintió gañir; era un quejido agudo como el de un conejo, pero más prolongado y lastimero. El Nini tragó media lengua y remedó el chillido repetidamente, con gran propiedad. Así se comunicaron hasta tres veces. Al cabo, a la indecisa luz de la luna, se recortó en la boca de la madriguera el rechoncho contorno de un zorrito de tres semanas, andando patosamente como si el airoso plumero del rabo entorpeciese sus movimientos.

En pocos días el zorrito se hizo a vivir con ellos. Las primeras noches lloraba y la Fa le gruñía con una mezcla de rivalidad atávica y celos domésticos, pero terminaron por hacerse buenos amigos. Dormían juntos en el regazo del niño, sobre las pajas, y a la mañana se peleaban amistosamente en la pequeña meseta de tomillos que daba acceso a la cueva. Pronto se corrió la noticia por el pueblo y la gente subía a ver el zorrito, mas, ante los extraños, el animal recobraba su instinto selvático y se recluía en el rincón más oscuro del antro, y miraba de través y mostraba los colmillos.

Decía Matías Celemín, el Furtivo:

—¡Qué negocio, Nini, bergante! A éste me lo zampo yo.

A las dos semanas el zorrito ya comía en la mano del niño, y cuando éste regresaba de cazar ratas el animal le recibía lamiéndole las sucias piernas y agitando efusivamente el rabo. Por la noche, mientras el tío Ratero guisaba una patata con una raspa de bacalao, el niño, el perro y el zorro jugaban a la luz del carburo, hechos un ovillo, y el Nini, en esos casos, reía sin rebozo. Por las mañanas, a pesar de que el zorrito se hizo a comer de todo, el Nini le traía una picaza para agasajarlo, y al verle desplumar el ave con su afilado y húmedo hocico, el niño sonreía complacidamente.

La Simeona le decía a doña Resu, el Undécimo Mandamiento, a la puerta de la iglesia, comentando el suceso de la cueva:

—Es la primera vez que veo a un raposo hacerse a vivir como los hombres.

Pero doña Resu se encrespaba:

—Querrás decir que es la primera vez que ves a un hombre y un niño hacerse a vivir como raposos.

El Nini temía que, al crecer, el zorrito sintiera la llamada del campo y le abandonase, aunque de momento el animal apenas se separaba de la cueva, y el niño, cada vez que salía, le hacía una serie de recomendaciones y el zorrito le miraba inteligentemente con sus rasgadas pupilas, como si le comprendiese.

Una mañana, el chiquillo oyó una detonación mientras cazaba en el cauce. Enloquecido, echó a correr hacia la cueva y antes de llegar divisó al

Furtivo que descendía a largas zancadas por la cárcava con una mano oculta en la espalda y riendo a carcajadas:

—Ja, ja, ja, Nini, bergante, ¿a que no sabes qué te traigo hoy? ¿A que no?

El niño miraba espantado la mano que poco a poco se iba descubriendo y, finalmente, Matías Celemín le mostró el cadáver del zorrito todavía caliente. El Nini no pestañeó, pero cuando el Furtivo se lanzó a correr cárcava abajo, se agachó en los cascajos y comenzó a cantearle furiosamente. El Furtivo brincaba, haciendo eses, como un animal herido, sin cesar de reír agitando en el aire, como un trofeo, el cadáver del zorrito. Y cuando se refugió, al fin, tras el Pajero del pueblo, aún se lo mostró una vez más, lamentablemente desmayado, sobre los tubos de la escopeta.

VII

A medida que se adentraba el invierno, el Pajero del común iba mermando. Los hombres y las mujeres del pueblo se llegaban a él con los asnos y acarreaban la paja hasta sus hogares. Una vez allí la mezclaban con grano para el ganado, o la hacían estiércol en las cuadras, o simplemente la quemaban en las glorias o las cocinas para protegerse de la helada. De este modo, al finalizar diciembre, el Nini divisaba desde la cueva, por encima del Pajero, el anticuado potro donde se herraron las caballerías en los distantes tiempos en que las hubo en el pueblo.

Por San Aberico, antes de concluir enero, se desencadenó la cellisca. El Nini la vio venir de frente, entre los cerros Chato y Cantamañanas, avanzando sombría y solemne, desflecándose sobre las colinas. En pocas horas la nube entoldó la cuenca y la asaeteó con un punzante aguanieve. Los desnudos tesos, recortados sobre el cielo plomizo, semejaban dunas de azúcar, de una claridad deslumbrante. Por la noche, la cellisca, baqueteada por el viento, resaltaba sobre las cuatro agónicas lámparas del pueblo, y parecía provenir ora de la tierra, ora del cielo.

El Nini observaba en silencio el desolado panorama. Tras él, el tío Ratero hurgaba en el hogar. El tío Ratero ante el fuego se relajaba y al avivarlo, o dividirlo, o concentrar o aventar las brasas, movía los labios y sonreía. A veces, excepcionalmente, salía a recorrer los tesos sacudidos por la cellisca y, en esos casos, como cuando soplaba el matacabras, se amarraba la sucia boina capona con un cordel, con la lazada bajo la barbilla, como hacía en tiempos el abuelo Román.

Para poder encender fuego dentro de la cueva, el tío Ratero horadó los cuatro metros de tierra del techo con un tubo herrumbroso que le proporcionó Rosalino, el Encargado. El Rosalino le advirtió entonces: «Ojo, Ratero, no sea la cueva tu tumba».

Pero él se las ingenió para perforar la masa de tierra sin producir en el techo más que una ligera resquebrajadura que apeó con un puntal primitivo. Ahora, el tubo herrumbroso humeaba locamente entre la cellisca, y el tío Ratero, dentro de la cueva, observaba las lengüetas agresivas y cambiantes de las llamas, arrullado por los breves estallidos de los brotes húmedos. La perra, alebrada junto a la lumbre, emitía de vez en cuando un apagado ronquido. Llegada la noche, el tío Ratero mataba la llama, pero dejaba la brasa, y al tibio calor del rescoldo dormían los tres sobre las pajas, el niño en el regazo del hombre, la perra en el regazo del niño y, mientras el zorrito fue otro compañero, el zorro en el regazo de la perra. El José Luis, el Alguacil, les presagiaba calamidades sin cuento: «Ratero —decía—, cualquier noche se prende la paja y os achicharráis ahí dentro como conejos». El tío Ratero escuchaba con su sonrisa socarrona, escépticamente, porque sabía, primero, que el fuego era su amigo y no podía jugársela, y, segundo, que el José Luis, el Alguacil, no era más que un mandado de Justito, el Alcalde, y que Justito, el Alcalde, había prometido al Jefe terminar con la vergüenza de las cuevas.

En estas circunstancias, el Nini respetaba el silencio del Ratero. Sabía que todo intento de plática con él resultaría inútil, y no por hosquedad suya, sino porque el hecho de pronunciar más de cuatro palabras seguidas o de enlazar dos ideas en una sola frase le fatigaba el cerebro. El niño bautizó Fa a la perra, aunque prefería otros nombres más sonoros y rimbombantes, por ahorrarle fatiga al Ratero. Tan sólo cuando el Ratero, por desentumecer la lengua, soltaba una frase aislada, el niño correspondía:

—Esta perra está ya vieja.

—Por eso sabe.

—No tiene vientos.

—Deje. Todavía las agarra.

Luego tornaba el silencio, y el quedo pespuntear de la cellisca sobre el teso y el gemido del viento se entreveraban con los chasquidos de la hoguera.

Una mañana, tres después de San Aberico, el Nini se asomó a la cueva y divisó una diminuta figura encorvada atravesando la Era, camino del puentecillo:

—El Antoliano —dijo.

Y se entretuvo viéndole luchar con el viento que concentraba los diminutos copos oblicuos sobre su rostro y le obligaba a inclinar la cabeza contra la ladera. Cuando entró en la cueva se incorporó, hinchó los pulmones y se sacudió la pelliza con sus enormes manazas. Dijo el Ratero, sin moverse de junto al fuego:

—¿Dónde vas con la que cae?

—Vengo —dijo el Antoliano, sentándose junto a la perra, que se incorporó y buscó un rincón oscuro, donde nadie la molestase.

—¿Qué te trae?

El Antoliano extendió sus manos ante las llamas:

—El Justito —dijo—. Va a largarte de la cueva.

—¿Otra vez?

—En cuanto escampe subirá, ya te lo advierto.

El Ratero encogió los hombros:

—La cueva es mía —dijo.

El Justito visitaba con frecuencia a Fito Solórzano, el Gobernador, en la ciudad, y le llamaba Jefe. Y Fito, el Jefe, le decía:

—Justo, el día que liquides el asunto de las cuevas, avisa. Ten en cuenta que no te dice esto Fito Solórzano, ni tu Jefe Provincial, sino el Gobernador Civil.

Fito Solórzano y Justo Fadrique se hicieron amigos en las trincheras, cuando la guerra, y ahora, cada vez que Fito Solórzano le encarecía que resolviese el enojoso asunto de las cuevas, la roncha de su frente se empequeñecía y se tornaba violácea y se diría que palpitaba, con unos latidos diminutos, como un pequeño corazón:

—Déjalo de mi mano, Jefe.

De regreso, ya en el pueblo, Justito, el Alcalde, le preguntaba expectante a José Luis, el Alguacil:

—¿Qué piensas tú que quiere decirme el Jefe cuando sale con que lo de las cuevas no me lo dice Fito Solórzano, ni el Jefe Provincial, sino el Gobernador Civil?

El José Luis respondía invariablemente:

—Que te va a recompensar, eso está claro.

Mas en casa, la Columba, su mujer, le apremiaba:

—Justo —le decía—, ¿es que no vamos a salir en toda la vida de este condenado agujero?

La roncha de la frente de Justito se agrandaba y enrojecía como el cinabrio:

—¿Y qué puedo hacerle yo? —decía.

La Columba se ponía de jarras y voceaba:

—¡Desahuciar a ese desgraciado! Para eso eres la autoridad.

Pero Justito Fadrique, por instinto, detestaba la violencia. Intuía que, tarde o temprano, la violencia termina por volverse contra uno.

Por San Lesmes, sin embargo, el José Luis, el Alguacil, le brindó una oportunidad:

—La cueva esa amenaza ruina —dijo—. Si largas al Ratero es por su bien.

Volar las otras tres cuevas fue asunto sencillo. La Iluminada y el Román murieron el mismo día y el Abundio abandonó el pueblo sin dejar señas. La Sagrario, la Gitana, y el Mamés, el Mudo, se consideraron afortunados al poder cambiar su cueva por una de las casitas de la Era Vieja, con tres piezas y soleadas, que rentaba veinte duros al mes. Pero para el tío Ratero cuatrocientos reales seguían siendo una fortuna.

Por San Severo se fue la cellisca y bajaron las nieblas. De ordinario se trataba de una niebla inmóvil, pertinaz y pegajosa, que poblaba la cuenca de extrañas resonancias y que, en la alta noche, hacía especialmente opaco el torturado silencio de la paramera. Mas, otras veces, se la veía caminar entre los tesos como un espectro, aligerándose y adensándose alternativamente, y en esos casos parecía hacerse visible la rotación de la Tierra. Bajo la niebla, las urracas y los cuervos encorpaban, se hacían más huecos y asequibles, y se arrancaban con un graznido destemplado, mezcla de sorpresa e irritación. El pueblo, desde la cueva, componía una decoración huidiza, fantasmal que, en los crepúsculos, desaparecía eclipsada por la niebla.

Para San Andrés Corsino el tiempo despejó y los campos irrumpieron repentinamente con los cereales apuntados; los trigos de un verde ralo, traslúcido, mientras las cebadas formaban una alfombra densa, de un verde profundo. Bajo un sol aún pálido e invernal, las aves se desperezaban sorprendidas y miraban en torno incrédulas, antes de lanzarse al espacio. Y con ellas se desperezaron Justito, el Alcalde, José Luis, el Alguacil, y Frutos, el Jurado, que hacía las veces de Pregonero. Y el Nini, al verlos franquear el puentecito de tablas, tan solemnes y envarados con sus trajes de ceremonia, recordó la vez que otro grupo atrabiliario, presidido por un hombrecillo enlutado, atravesó el puentecillo para llevarse a su madre al manicomio de la ciudad. El hombrecillo enlutado decía con mucha prosopopeya Instituto Psiquiátrico en lugar de manicomio, pero, de una u otra manera, la Marcela, su madre, no recobró la razón, ni recobró sus tesos, ni recobró jamás la libertad.

El Nini los vio llegar resollando cárcava arriba, mientras el dedo pulgar de su pie derecho acariciaba mecánicamente a contrapelo a la perra enroscada a sus pies. La visera negra de la gorra del Frutos, el Pregonero, rebrillaba como si sudase. Y tan pronto se vieron todos en la meseta de tomillos, el Justito y el José Luis se pusieron como firmes, sin levantar los ojos del suelo, y el Justito le dijo al Frutos, bruscamente:

—Léelo, anda.

El Frutos desenrolló un papel y leyó a trompicones el acuerdo de la Corporación de desalojar la cueva del tío Ratero por razones de seguridad. Al terminar, el Frutos miró para el Alcalde, y el Justito, sin perder la compostura, dijo:

—Ya oíste, Ratero, es la ley.

El tío Ratero escupió y se frotó una mano con otra. Los miraba uno a uno, divertido, como si todo aquello fuera una comedia.

—No me voy —dijo de pronto.

—¿Que no te vas?

—No. La cueva es mía.

La roncha de la frente de Justito, el Alcalde, se encendió súbitamente.

—He hecho público el desahucio —voceó—. Tu cueva amenaza ruina y yo soy el Alcalde y tengo atribuciones.

—¿Ruina? —dijo el Ratero.

Justito señaló el puntal y la resquebrajadura.

—Es la chimenea —agregó el Ratero.

—Ya lo sé que es la chimenea. Pero un día se desprende una tonelada de tierra y te sepulta a ti y al chico, ya ves qué cosas.

El tío Ratero sonrió estúpidamente:

—Más tendremos —dijo.

—¿Más?

—Tierra encima, digo.

El José Luis, el Alguacil, intervino:

—Ratero —dijo—. Por las buenas o por las malas, tendrás que desalojar.

El tío Ratero los miró desdeñosamente:

—¿Tú? —dijo—. ¡Ni con cinco dedos!

Al José Luis le faltaba el dedo índice de la mano derecha. El dedo se lo cercenó una vez un burro de una tarascada, pero el José Luis, lejos de amilanarse, le devolvió el mordisco y le arrancó al animal una tajada del belfo superior. En ocasiones, cuando salía la conversación donde el Malvino, aseguraba que los labios de burro, al menos en crudo, sabían a níscalos fríos y sin sal. En todo caso, el asno del José Luis se quedó de por vida con los dientes al aire como si continuamente sonriese.

Justito, el Alcalde, se impacientó:

—Mira, Ratero —dijo—. Soy el Alcalde y tengo atribuciones. Por si algo faltara, he hecho público el desahucio. Así que ya lo sabes, dentro de dos semanas te vuelo la cueva como me llamo Justo. Te lo anuncio delante de dos testigos.

Por San Sabino, cuando retornó a la cueva la comisión, batía los tesos un vientecillo racheado y los trigos y las cebadas ondeaban sobre los surcos como un mar. El Frutos, el Jurado, iba en cabeza y portaba en la mano los cartuchos de la dinamita y la mecha enrollada a la cintura. Al iniciar la cárcava, el Nini les enviscó la perra y el Frutos se enredó en el animal y rodó hasta el camino jurando a voz en cuello. Para entonces, el Ratero había hablado ya con el Antoliano, y así que el Justito le conminó a abandonar la cueva, se puso a repetir como un disco rayado: «Por escrito, por escrito». El Justito miró para el José Luis, que entendía algo de leyes, y el José Luis asintió y entonces se retiraron.

Al día siguiente, el Justito le pasó una comunicación al tío Ratero concediéndole otro plazo de quince días. Para San Sergio concluyó el plazo y a media mañana irrumpió de nuevo en la cueva la comisión, pero así que vocearon en la puerta, el Nini respondió desde dentro que aquélla era su casa y si entraban por la fuerza tendrían que vérselas con el señor juez. El Justito miró para el José Luis y el José Luis meneó la cabeza y dijo en un murmullo: «Allanamiento; en efecto es un delito».

Al día siguiente, San Valero, ante Fito Solórzano, el Jefe, Justito casi lloraba. La mancha morada de la frente le latía como un corazón:

—No puedo con ese hombre, Jefe. Mientras él viva tendrás cuevas en la provincia.

Fito Solórzano, con su prematura calva rosada y sus manos regordetas jugueteando con la escribanía, trataba de permanecer sereno. Meditó unos segundos antes de hablar, metiéndose dos dedos en los lagrimales. Al cabo, dijo con ostentosa humildad:

—Si el día de mañana queda algo de mi gestión al frente de la provincia, cosa que no es fácil, será el haber resuelto el problema de las cuevas. Tú volaste tres en tu término, Justo, ya lo sé; pero no se trata de eso ahora. Queda una cueva y mientras yo no pueda decirle al Ministro: «Señor Ministro, no queda una sola cueva en mi provincia», es como si no hubieras hecho nada. Me comprendes, ¿no es verdad?

Justito asintió. Parecía un escolar sufriendo la reprimenda del maestro. Fito Solórzano, el Jefe, dijo de pronto:

—Un hombre que vive en una cueva y no dispone de veinte duros para casa viene a ser un vagabundo, ¿no? Tráemelo, y lo encierro en el Refugio de Indigentes sin más contemplaciones.

Justito adelantó tímidamente una mano:

—Aguarda, Jefe. Ese hombre no pordiosea. Tiene su oficio.

—¿Qué hace?

—Caza ratas.

—¿Es eso un oficio? ¿Para qué quiere las ratas?

—Las vende.

—¿Y quién compra ratas en tu pueblo?

—La gente. Se las come.

—¿Coméis ratas en tu pueblo?

—Son buenas, Jefe, por éstas. Fritas con una pinta de vinagre son más finas que codornices.

Fito Solórzano estalló de pronto:

—¡Eso no lo puedo tolerar! ¡Eso es un delito contra la Salubridad Pública!

El Justito trataba de aplacarlo:

—En la cuenca todos las comen, Jefe. Y si te pones a ver, ¿no comemos conejos? —Hizo una pausa. Luego agregó—: Una rata lo mismo, es cuestión de costumbre.

Fito Solórzano golpeó la mesa con el puño cerrado y saltaron las piezas de la escribanía:

—¿Para qué quiero alcaldes y jefes locales si en vez de resolver los problemas vienen todo el tiempo a creármelos? ¡Busca tú una fórmula, Justo! ¡Coloca a ese hombre en alguna parte, haz lo que sea! ¡Pero piensa tú, tú, con tu pobre cabeza, no con la mía!

Justito reculaba hacia la puerta:

—De acuerdo, Jefe. Déjalo de mi mano.

Fito Solórzano cambió repentinamente de tono y añadió cuando Justito, vuelto de espaldas, abría ya la puerta del despacho:

—Y cuando liquides este asunto, avisa. Ten en cuenta que no te dice esto Fito Solórzano ni tu Jefe Provincial, sino el Gobernador Civil.

VIII

Por San Baldomero el Nini descubrió sobre el Pezón de Torrecillórigo el primer bando de avefrías desfilando precipitadamente hacia el sur. Durante tres días con sus tres noches, los bandos se sucedieron sin interrupción y el vuelo de las aves era cada vez más vivo y agitado. Volaban muy altas, componiendo una gran V sobre el impávido cielo azul, chirriando excitadamente con un estremecido deje de alarma.

Antaño, el Pezón de Torrecillórigo se llamó la Cotarra del Moro, pero la Marcela, la madre del Nini, la rebautizó pocos meses antes de dar con sus huesos en el manicomio. Ya desde el parto, la Marcela no quedó bien y cada vez que el Ratero la sorprendía mirando embobada para los cuetos y le decía: «¿Qué miras, Marcela?», ella ni respondía. Y únicamente si el Ratero la zarandeaba, ella balbucía al fin: «El Pezón de Torrecillórigo». Y señalaba el cono de la Cotarra del Moro, torvo y lóbrego como un volcán. «¿El Pezón?», inquiría el Ratero, y ella agregaba: «Somos muchos a tirar de él. No da leche para tantos». Meses después el tío Ratero sorprendió a su hermana aserrando una pata del taburete. «¿Qué haces, Marcela?», le dijo. Y ella respondió: «El taburete banquea». Dijo él: «¿Banquea?». Y ella no respondió, pero a la noche había aserrado las cuatro patas. Aún aguantó el tío Ratero unos años más. Por aquel tiempo el Nini ya había cumplido los seis y el Furtivo le decía cada vez que lo encontraba: «Explícate, bergante. ¿Cómo es posible que la Marcela sea tu tía y tu madre al mismo tiempo?», y se reía con un ruidoso estallido como si estuviera lleno de aire y, de repente, se deshinchase. Y el día que el tío Ratero se decidió a horadar el techo de la cueva con el tubo que le regalara Rosalino, el Encargado, y le pidió a la Marcela arena para la mezcla, su hermana le aproximó la horca que sostenía a duras penas. «Toma», dijo. «¿Cuál?», dijo el Ratero. «Arena. ¿No pedías arena?», dijo ella. «¿Arena?», dijo el Ratero. Ella añadió: «Apura, que pesa». El Nini la miraba atónito y al cabo dijo: «Madre, ¿cómo va a coger usted arena con una horca?». Una semana después, por Santa Oliva haría cuatro años, se presentó en el pueblo un hombrecillo enlutado y se la llevó al manicomio de la ciudad, pero la Cotarra del Moro no volvió a recobrar su nombre y fue en adelante y para siempre jamás el Pezón de Torrecillórigo.

Ahora las avefrías sobrevolaban el Pezón y el Nini, el chiquillo, bajó al pueblo a informar al Centenario:

—No las veo pero las siento gruir —dijo el viejo—. Eso quiere decir nieve. Antes de siete días estará aquí.

El Centenario, con el trapo negro cubriéndole media cara, era como una reseca momia bajo el sol. Antes de ponerse el trapo, el niño le preguntó una tarde qué era aquello:

—Nada de cuidado; un granito canceroso —dijo el viejo sonriendo.

El Nini, cada vez que le asaltaba alguna duda

sobre los hombres, o sobre los animales, o sobre las nubes, o sobre las plantas, o sobre el tiempo, acudía al Centenario. El tío Rufo, por encima de la experiencia, o tal vez a causa de ella, poseía una aguda perspicacia para matizar los fenómenos naturales, aunque para el Centenario los gorjeos de los gorriones, o el sol en las vidrieras de la iglesia, o las nubes blancas del verano, no eran siempre una misma cosa. En ocasiones, hablaba de su «viento de cuando rapaz», o «del polvo de la era de cuando mozo», o de «su sol de viejo». Es decir, que en las percepciones del Centenario jugaba un papel preferente la edad, la huella que produjeron en él, a determinada edad, las nubes, el sol, el viento o el polvo dorado de la trilla. El Centenario sabía mucho de todo, a pesar de que los mozos y los chiquillos del pueblo no se arrimaban a él más que para reír de sus aspavientos nerviosos o para alzarle el trapo negro en un descuido y «verle la calavera» y hacer, luego, mofa de su enfermedad.

—Son jóvenes, pero eso se pasa —solía decirle al Nini, resignadamente, en esos casos, el Centenario.

La misma Simeona, su hija, no le guardaba al viejo ninguna consideración. Desde que el Centenario empezó a envejecer, la Simeona se hizo cargo de la casa y las labores. Ella atendía al ganado, sembraba, aricaba, escardaba, segaba, trillaba y acarreaba la paja. A causa de ello se hizo irritable, roñosa y suspicaz. El Undécimo Mandamiento afirmaba que todo el mundo se vuelve roñoso y suspicaz tan pronto advierte lo que cuesta ganar una peseta. No obstante, la Simeona se mostraba excesivamente irreductible para con su padre. En las contadas ocasiones en que comadreaba con sus convecinas decía: «Cuanto más viejo más goloso, no puedo con él». La señora Clo la miraba envidiosamente y comentaba: «Suerte la tuya, con lo mal que me come a mí el Virgilín». Para la señora Clo, la del Estanco, todas las preocupaciones se centraban ahora en el Virgilín. Lo cuidaba como a un hijo y, por su gusto, lo hubiera confinado en una jaula y hubiera colgado ésta de la viga de la tienda, como hizo en tiempos con los camachuelos.

La Simeona, en cambio, trataba a su padre desconsideradamente. Su desconfianza aumentaba por días y ahora, cada vez que se ausentaba de casa, trazaba una raya con el lapicero en el reverso de la hogaza y metía el dedo en la cloaca de las gallinas, una por una, para cerciorarse de si el Centenario comía un cacho de pan o se merendaba algún huevo durante su ausencia. Al regreso decía: «Ha de haber tres huevos, padre; a ver dónde los ha puesto».

Y si acaso faltaba alguno, los gritos y los improperios rebasaban las últimas casas del pueblo, y si el tiempo era quedo y, con mayor razón, si soplaba viento favorable, las voces ascendían hasta la cueva y el Nini se compungía y decía para sí: «Ya está la Simeona regañando al viejo».

De todos modos nadie podía decir nada de la Simeona, que a más de sostener sobre sus huesos un padre centenario, una labranza y una casa, aún sacaba energía para la piadosa tarea de enterrar a los muertos del lugar. Utilizaba para ello un carrito destartalado, arrastrado por un asnillo de muchos años al que la Sime apaleaba sin duelo cada vez que conducía a un difunto al camposanto. En la trasera del carro amarraba al Duque, el perro, con un cordel tan corto que casi lo ahorcaba. El animal gañía, ladeando un poco la cabeza para evitar la tensión, pero si alguien le hacía alguna advertencia a la Simeona, ella replicaba: «Mejor. Así hasta al más desgraciado no le falta un perro que le llore».

La Simeona juraba y maldecía como un hombre y en los últimos tiempos, al referirse a la voracidad de su padre, hacía escarnio del cáncer y decía: «El viejo tiene ahora que comer para dos».

El Centenario, aun trampeando, iba todavía de acá para allá, mas en las horas de sol era fijo encontrarlo sentado en el poyo de la trasera de su casa, los ojos entornados, oxeando incansablemente unos pollos imaginarios. El Nini bajaba con frecuencia a buscar su compañía y a consultarle sus dudas o a oírle las viejas historias en las que inevitablemente volcaba sus nostalgias de «su sol de cuando rapaz», «el polvo de la era de cuando mozo», o «los inviernos de Alfonso XII».

Últimamente al Nini llegó a fascinarle aquel trapo negro que ocultaba parte de la nariz y la mejilla izquierda del tío Rufo, y, cada vez que se sentaba a su lado, experimentaba la tentación casi invencible de levantarlo. Era la suya la misma impaciencia que atosigaba a los rapaces del pueblo cuando, al iniciarse el otoño, aparecían los húngaros con los títeres en la Plaza y llegada la hora gritaban a coro: «¡Que son las cuatro, que se alce el trapo!». No obstante, el Nini dominaba la incitación; veneraba al viejo y de una manera inconsciente agradecía sus enseñanzas.

El Centenario le dijo, por el Santo Ángel, cuando las avefrías sobrevolaban el Pezón de Torrecillórigo, que la nieve estaba próxima, tal vez a menos de una semana, y para San Victoriano, o sea, cinco días más tarde, los copos empezaron a descolgarse con silenciosa parsimonia y, en unas horas, la cuenca quedó convertida en una inmensa mortaja. La blancura lastimaba los ojos y los adobes del pueblo y las bardas que cobijaban las deleznables tapias de los corrales se hacían más ostensibles bajo la nieve. Pero la vida parecía haber huido del mundo y un silencio sobrecogedor, cernido y macizo como el de un camposanto, se desplomó sobre la cuenca.

Las alimañas se aletargaron en sus huras y los pájaros, desconcertados, se acurrucaban en la nieve hasta que el calor de sus cuerpos la fundía y tomaban, de nuevo, contacto con la tibieza de la tierra. Allí, en sus agujeros, permanecían inmóviles, asomando sus cabezas de redondos ojos atónitos, oteando hambrientos en derredor. A veces, el Nini se distraía merodeando por las proximidades del pueblo y las urracas y los tordos y las alondras tardaban en arrancarse y, en última instancia lo hacían, pero tras un breve vuelo vertical, como un rebote, tornaban apresuradamente a sus yacijas.

Por San Simplicio, el niño y la perra sintieron la engañosa llamada de la nieve y salieron al campo. Sus pisadas crujían tenuemente, mas aquellos crujidos detonaban en el solemne silencio de la cuenca con una sorda opacidad. Ante sus ojos se abría un vasto, solitario y mudo planeta mineral, y el niño lo recorría transido por la emoción del descubrimiento. Dobló el Cerro Merino y, al iniciar el ascenso de la ladera, el Nini atisbó el rastro de una liebre. Sus leves pisadas se definían nítidamente en la nieve intacta y el niño las siguió, la perra en sus talones, el hocico levantado, sin intentar siquiera rastrear. De pronto las huellas desaparecieron y el niño se detuvo y observó en torno y al divisar el matojo de encina doce metros más allá, sonrió tenuemente. Sabía, por su abuelo Román, que las liebres en la nieve ni se evaporan ni vuelan, como dicen algunos cazadores supersticiosos; simplemente, para evitar que las huellas las delaten, dan un gran salto antes de agazaparse en su escondrijo. Por eso intuía que la liebre estaba allí, bajo el carrasco, y al avanzar hacia él con la sonrisa en los labios, gozándose en la sorpresa, brincó la liebre torpemente y el niño corrió tras ella, torpemente también, riendo y cayendo, mientras la perra ladraba a su lado. Al cabo, el niño y la perra se detuvieron, en tanto la liebre se perdía tras una suave ondulación, los amarillos ojos dilatados por el pánico. Jadeante aún, el Nini experimentó una súbita reacción y se puso a orinar y la tierra oscura asomó en un pequeño corro bajo la nieve fundida. Poco más lejos se agachó y erigió en pocos minutos un monigote de nieve, le colocó su tapabocas y azuzó a la perra:

—Fa, mira, el Furtivo, ¡anda con él!

Pero a la perra le asustaba el muñeco y reculaba ladrando, sin cesar de mirarlo esquinadamente, y entonces el niño formó unas bolas y lo destruyó de cuatro pelotazos. Soltó una carcajada estridente y el cristalino eco que despertó su risa en la nieve lo animó a repetir y, luego, a gritar una y otra vez, cada vez más fuerte. Experimentaba, al hacerlo, una grata sensación de plenitud. Ascendió la loma sin dejar de gritar y entonces divisó al Furtivo, en carne y hueso, allá abajo, en la cuenca, recorriendo pesadamente los barbechos de la señora Clo. El Nini enmudeció y sintió recorrerle el cuerpo una oleada de ira. La ley prohibía cazar los días de nieve porque los animales rastreros denunciaban su presencia por las huellas y la perdiz, sin comer, no resistía más allá de un corto vuelo. Sin embargo, el Furtivo andaba allí y, por si la nieve no fuera bastante, portaba la escopeta en guardia baja por si algo se arrancaba. El niño le vio venir hacia él e intentó rehuirle pero el Furtivo le atajó. Matías

Celemín era práctico en andar por la nieve y viéndolo de lejos deslizarse ágilmente contra la centelleante claridad de los tesos parecía el único poblador del mundo. Al llegar a su altura, le dijo el Furtivo mostrándole sus aterradores dientes carniceros:

—¿Eras tú quien chillaba ahí arriba, bergante?

—Sí.

—Bien reías, ¿eh? Tú ríes cuando estás solo, como los locos.

El niño procuraba caminar deprisa porque la compañía del Furtivo le era ingrata. El morral del Furtivo abultaba como dos liebres. Le dijo al Nini:

—¿No viste huellas, rapaz? ¿Dónde diablos se meten los tejos en este pueblo?

—No sé.

—No sé, no sé; apuesto a que sí lo sabes.

El niño se encogió de hombros. Añadió el Furtivo:

—Os larga Justito de la cueva, ¿eh? ¿Dónde os vais a meter, bergante? Si a un conejo le ciegas el bardo, a morir; ya se sabe. Eso te va a pasar a ti por candar el pico.

De la loma descendían las pequeñas huellas de los pies descalzos del Nini junto a las de las enormes botazas claveteadas del Furtivo y las ingrávidas de la perra. La tierra, desolada y lívida, apenas abultada por las formas redondas de los cuetos, era como una superficie láctea en el momento de iniciar la ebullición.

El tío Ratero, acuclillado junto al fuego, levantó los ojos al oír los pasos del niño.

—¿Viste a ése? —dijo con reprimida avidez.

—No —dijo el niño.

—Malvino lo vio.

—No es cierto —añadió el Nini—. No hay un alma en el campo.

La huidiza mirada del Ratero se afiló bajo los párpados y se clavó en las brasas, pero no dijo nada. También el niño guardó silencio. Desde hacía cuatro semanas el tío Ratero no pensaba en otra cosa sino en la competencia. El Nini intentaba a veces disuadirlo, convencerlo de que el arroyo era de todos, pero el Ratero se obcecaba en su testarudez salvaje: «Las ratas son mías; ése me las roba», decía; y resollaba de fatiga y exasperación.

Por San Melitón salió el sol y fundió la nieve y, al caer la tarde, apenas si unos deleznables retazos blancos circuían las faldas de los tesos en su vertiente norte. Esa anochecida se encamó, al fin, el Centenario, y el Nini, al enterarse, bajó un rato a hacerle compañía. Sobre el camastro pendía una lavativa y, a su lado, la pobre lámpara, y sobre la pobre lámpara un cromo de la Virgen. Le dijo el viejo sin volver la vista, sin mover un solo músculo de la cara:

—Esta tarde, antes de acostarme, quise oír el viento en los plumeros de las espadañas, como cuando mozo. Me tumbé junto al arroyo y aguardé, pero el viento no sonaba igual. Todo se va; nada se repite en la vida, hijo.

El niño comenzó a hablarle de la nieve y del Furtivo y de la liebre encamada bajo el carrasco y, finalmente, quedó en silencio, las pupilas en el trapo negro que ocultaba media cara del viejo. La respiración de éste era entrecortada y anhelante, mas, al concluir el niño, no hizo comentario. A la tarde siguiente el Nini volvió junto a él y, al anochecer, se incorporó y dio la lámpara de la cabecera del lecho. Durante una semana el Nini visitó diariamente al enfermo. Apenas cambiaban unas palabras, pero tan pronto el día agonizaba en la ventana, el Nini, sin que nadie se lo pidiera, encendía la luz. A la séptima noche, tan pronto el niño dio la luz, el Centenario agarró el trapo negro con dos dedos temblones, lo levantó y dijo:

—Ven acá.

El corazón del Nini latía desacompasadamente. La cara del viejo bajo el trapo era un amasijo sanguinolento socavado en la misma carne y en la parte superior de la nariz, junto a la sien, amarilleaba el hueso. El Centenario rió sordamente y dijo al observar la faz descolorida del muchacho:

—¿No viste nunca la calavera de un hombre vivo?

—No —convino el niño.

El Centenario volvió a reír quedamente y dijo:

—A todos cuando muertos nos comen los bichos. Pero es igual, hijo. Yo soy ya tan viejo que los bichos no han tenido paciencia para aguardar.

IX

Hacia San Segundo caían todos los años, desde hacía cuatro, por el pueblo, los extremeños. Componían una abigarrada caravana con la recua de borricos enjaezados y llegaban cantando, como si, en lugar de acabar de hacer quinientos kilómetros en diez días a uña de asno por caminos polvorientos, terminaran de emerger de un baño tibio tras un sueño reparador. La cuadrilla de extremeños se alojaba en los establos del Poderoso, a quien pagaban cinco reales diarios por cabeza, y como permanecían en el pueblo casi seis meses y formaban una partida de doce, don Antero se embolsaba anualmente cerca de once mil reales por este concepto.

Doña Resu, el Undécimo Mandamiento, los sintió llegar y cerró de golpe la ventana:

—Ya están ésos aquí; Dios nos tenga de su mano —le dijo a la Vito, la sirvienta.

Durante los dos primeros años, el Nini acompañó a los extremeños a talar el monte de la vaguada y desenraizar los matos de encina. Antes hicieron esto en Torrecillórigo, aunque ahora eran empleados del Estado dedicados a la ardua tarea de la repoblación forestal. La repoblación forestal era la obsesión de los hombres nuevos, y cuando la guerra, apenas a las veinticuatro horas de estallar, se organizaron brigadas de voluntarios con el fin de convertir la escueta aridez de Castilla en un bosque frondoso. No había tarea más apremiante y los prohombres decían: «Los árboles regulan el clima, atraen las lluvias y forman el humus, o tierra vegetal. Hay, pues, que plantar árboles. Hay que hacer la revolución. ¡Arriba el campo!». Y todos los hombres de todos los pueblos de la cuenca se desparramaron ilusionados, la azada al hombro, por las inhóspitas laderas. Pero llegó el sol de agosto y abrasó los tiernos brotes y los cerros siguieron mondos como calaveras.

Guadalupe, el capataz de los extremeños, que, pese a su nombre, era un muchacho atezado y musculoso, con bruscos y ágiles ademanes de gitano, les dijo de entrada a los mozos del pueblo en la taberna del Malvino que venían dispuestos a convertir Castilla en un jardín. El Pruden se había sonreído escépticamente y el Guadalupe le dijo: «¿Es que no lo crees?». Y el Pruden respondió melancólicamente: «Sólo Dios hace milagros».

Los extremeños comenzaron el trabajo por la Cotarra Donalcio y en pocos meses la motearon de pimpollos, como la cara de un hombre picado de viruelas. Pero tan pronto concluyeron, un sol implacable derramó su fuego sobre la colina y los incipientes pinabetes comenzaron a amustiarse y a las dos semanas un setenta por ciento de los arbolitos trasplantados estaban resecos y chascaban al pisarlos como leña. Los supervivientes se defendieron unas semanas aún, pero al poco tiempo perecieron también calcinados y la faz de la Cotarra Donalcio volvió a ser tan adusta y hosca como antes de dejar su huella allí los extremeños. El yeso cristalizado brillaba en el borde de las hoyas de greda, y Guadalupe, el Capataz, al divisar los guiños del cerro desde los bajos juraba y decía:

—Todavía se cachondea el marica de él.

Hablaban de los cerros con rencor, pero, pese al estéril resultado, no cejaban en el empeño. A veces aparecía por el pueblo el ingeniero, que era un hombre campechano aunque con esa palidez que contagian las páginas de los libros a quien ha estudiado mucho, y entonces se reunía con los doce extremeños en la taberna del Malvino y les arengaba como el general a los soldados antes del combate:

trabajadores →
temporales

—Extremeños —decía—, tened presente que, hace cuatro siglos, un mono que entrara en España por Gibraltar podía llegar al Pirineo saltando de rama en rama sin tocar tierra. Con vuestro entusiasmo, el país volverá a ser un inmenso bosque.

El Pruden y el Malvino cambiaban una mirada de inteligencia. Tras la visita del ingeniero, que bebía con ellos como un igual, los extremeños acrecían sus esfuerzos, ahondaban las hoyas de cada pimpollo para que sirviera de recipiente a las aguas pluviales y les protegiera del matacabras, pero las lluvias no se presentaban y, al llegar julio, el pimpollo se asaba en el hoyo como un pollo en su propio jugo.

El Nini frecuentaba a los extremeños porque, aparte de ser maestros en el arte de desarraigar una encina o de plantar un pinabete mediante un cortado movimiento de muñeca, le recordaban los tiempos de Torrecillórigo con el abuelo Abundio, cuando, al anochecer, en el almacén agujereado, narraban turbulentas historias de asesinatos. De vez en cuando, se presentaba en el pueblo algún conocido:

—Nini, chavea, ¿qué fue del abuelo?

—Se fue.

—¿Dónde?

—No lo sé.

—¡Condenado viejo! Con sus lavatorios no nos dejaba pegar ojo en toda la noche. ¿Recuerdas?

Pero en el pueblo no querían a los extremeños porque estimaban su labor inútil, impedían el acceso de las ovejas a las colinas y les atribuían toda clase de vicios. Durante su estancia los nativos disfrutaban de una absoluta impunidad. Ante cualquier desaguisado la gente decía:

—Habrán sido los extremeños.

El Undécimo Mandamiento iba más lejos. Y si aparecía un billete de cinco duros en el cepo de la iglesia, o se tenía conocimiento de cualquier buena acción, decía:

—De seguro, los extremeños no han sido.

Pero el Nini sabía que los extremeños eran buena gente y con su herramienta, un cacho de pan y un cacho de tocino salvaban la jornada y no pedían más. El jornal marchaba íntegro para Extremadura, donde durante seis largos meses les aguardaban pacientemente sus mujeres y sus hijos. Nada de

esto modificaba la opinión del Undécimo Mandamiento, para quien los extremeños, en cualquier
circunstancia, eran unos individuos indeseables. Y
si callaban, le parecían peligrosos; y si cantaban,
ineducados. Y si al cruzar frente al almacén oía sus
animados coros, llamaba aparte al Guadalupe y le
decía.

—Guadalupe, el undécimo no alborotar.

Guadalupe, el Capataz, se plantaba:

—¡Está bueno eso! Y si no cantan ¿qué van a
hacer, señora?

—Rezar.

Guadalupe cruzaba sus atezados brazos sobre
el pecho y meneaba la cabeza de arriba abajo, como
queriendo demostrar que callaba para no enconar
más las cosas.

Por San Braulio, doña Resu se topó en la Plaza
con el tío Ratero:

—Me alegro de verte, Ratero —le dijo—. ¿Sabes que el chico anda todo el tiempo entre los perdidos de los extremeños y bebe de la bota y oye palabrotas y cuentos obscenos?

—Déjele estar, doña Resu —respondió el Ratero con su sonrisa indescifrable.

—¿Eso dices tú?

—¡Eso!

—¿Y no andaría mejor en la escuela que apren-
diendo lo que no debe?

—Él ya sabe.

—¿Crees tú que sabe?

—Todos lo dicen.

—¿Todos? Y si ellos no saben de la misa la media, ¿cómo saben si saben los demás?

El Ratero metió un dedo bajo la boina y se rascó ásperamente el cogote.

La voz de doña Resu adquirió, de súbito, un tono conciliador:

—Escucha, Ratero —agregó—. El Nini tiene luces naturales, ya lo creo que las tiene, pero necesita una guía. Si el Nini se lo propusiera podría saber más que nadie en el pueblo.

El Undécimo Mandamiento consultó su relojito de pulsera e hizo un ademán de impaciencia:

—Llevo prisa, Ratero —terminó—. Algún día he de hablar contigo despacio sobre el asunto.

No era ninguna novedad la mala opinión que el Nini le merecía a doña Resu, pero antes de llegar este año los extremeños el Undécimo Mandamiento se limitaba a pensar mal de él o a regañarle tibiamente. Esto no impedía que apelara a sus servicios cuando lo necesitaba, como aconteció, para San Ruperto y San Juan haría dos años, con el asunto de los conejos:

—Nini —le dijo entonces—, ¿no crían las conejas todos los meses?

—Así es, doña Resu.

—¿Qué le ocurre entonces a esta mía que lleva seis emparejada y como si no?

El Nini no respondió, abrió la conejera y examinó reflexivamente a los animales. Después de un rato, los encerró de nuevo, se incorporó y dijo gravemente:

—Son machos los dos, doña Resu.

El Undécimo Mandamiento se sofocó toda y lo expulsó a empellones del corral.

Ya en vida de don Alcio Gago, su marido, doña Resu era inflexible y dominante. Don Alcio, por cosas de la tensión, se negaba a dar un paso, pero, como recelaba de los caballos, doña Resu los adquiría en la ciudad de los desechos de las funerarias. Los caballejos que tiraban de las carrozas eran animales dóciles, incapaces de una mala acción. A pesar de todo, don Alcio les respetaba la correa dorada y el plumero negro de la cabeza por si acaso al prescindir de estos aditamentos extrañaban la anomalía y se alborotaban. Y los campesinos, al cruzarse con él de esta guisa, se santiguaban porque presumían que un animal tan lúgubremente enjaezado no podía acarrear más que desgracias. Al ponerse el sol, don Alcio solía detenerse sobre el cerral y allí, inmóvil, a contraluz, sobre el caballo empenachado, semejaba una aparición fantasmagórica. A partir de entonces, el cerral comenzó a llamarse la Cotarra Donalcio. Mas don Alcio, a pesar de la tensión, enterró cuatro caballerías antes de morir él, y al ocurrir esto doña Resu le llevó un luto riguroso, negándose incluso a participar en la fiesta de la Pascuilla y asistiendo durante dos años a misa los domingos a través de la rejilla del confesonario.

Don Ciro, que era el párroco de Torrecillórigo, que por necesidad binaba en el pueblo, era demasiado joven y tímido para contradecirla: «Si su conciencia queda más tranquila, hágalo así», le decía. Don Ciro se presentaba los domingos sobre las once, en el tractor del Poderoso, y rezaba una misa sencilla y trataba de explicar sencillamente el Evangelio. El Mamertito, el chico del Pruden, que hacía de monaguillo, jamás tocaba segundas mientras no divisara desde el campanario la nube de polvo que levantaba en la carretera el Fordson del Poderoso.

El Mamertito, desde muy niño, empezó a decir que antes de dormirse se le aparecía San Gabriel. A los seis años se le aleló la cara y la Sabina, su madre, decía que era a causa de las apariciones. Pero dos años después el rapaz se cayó del trillo y expulsó de la nariz un piñón con raíces y todo y mucha sangre y pus y, de este modo, se le avivó el semblante de nuevo y la Sabina, decepcionada, le voceó que si volvía a mentarle a San Gabriel le cruzaba la cara de un bofetón. Por San Jonás, doña Resu mandó llamar al Nini:

—Pasa, pequeño —le dijo—. La perra déjala fuera.

El niño la miró serenamente y dijo con aplomo:

—Si ella no entra, yo tampoco, doña Resu, ya lo sabe.

—Está bien. Entonces, hablaremos en el corral.

Pero se quedaron en el zaguán, sentados en una

vieja arca de nogal tan alta que los pies del Nini no alcanzaban el suelo. El Undécimo Mandamiento utilizaba esa tarde con él unos modales melifluos y reprimidos:

—Dime, hijo, ¿por qué andas siempre tan solo?

—No ando solo, doña Resu.

—¿Con quién, entonces?

—Con la perra.

—¡Alma de Dios! ¿Es alguien un animal?

El Nini la miró sorprendido y no respondió. Prosiguió doña Resu:

—¿Y la escuela? ¿Por qué no vas a la escuela, Nini?

—¿Para qué?

—Mira qué preguntas. Para aprender.

—¿Se aprende en la escuela?

—¡Qué cosas! En la escuela se educa a los pequeños para que el día de mañana puedan ser unos hombres de provecho.

Sonrió doña Resu al observar el desconcierto del niño y añadió:

—Escúchame. Los ignorantes del pueblo y los perdidos de los extremeños te dirán que sabes muchas cosas, pero tú no hagas caso. Si ellos no saben nada de nada, ¿cómo saben si sabes tú?

Se miraron uno a otro en silencio y doña Resu, para no perder su ventaja inicial, agregó al fin:

—¿Sabes acaso, pequeño, lo que es la longanimidad?

El niño la miraba perplejo, con el mismo estupor con que dos tardes antes mirara al Rosalino cuando le pidió desde lo alto del Fordson que diese un golpecito al carburador porque la máquina rateaba. Como el Nini no se inmutara, Rosalino le preguntó: «¿No sabes, acaso, dónde anda el carburador?». Finalmente el niño se encogió de hombros y dijo: «De eso no sé, señor Rosalino; eso es inventado».

Doña Resu lo contemplaba ahora con un punto de orgullo, una sonrisa apenas esbozada en las comisuras de los labios:

—Di —insistió—. ¿Sabes, por casualidad, qué es la longanimidad?

—No —dijo bruscamente el niño.

La sonrisa de doña Resu floreció como una amapola:

—Si fueras a la escuela —dijo— sabrías esas cosas y más, y el día de mañana serías un hombre de provecho.

Se abrió una pausa. Doña Resu preparaba una nueva ofensiva. La pasividad del niño, la ausencia de toda reacción empezaba a desconcertarla. Dijo de súbito:

—¿Conoces el auto grande de don Antero?

—Sí. El Rabino Grande dice que es macho.

—Jesús, qué disparate. ¿Es que un automóvil puede ser macho o hembra? ¿Eso dice el Pastor?

—Sí.

—Otro ignorante. Si el Rabino Grande hubiera ido a la escuela no diría disparates. —Cambió de tono para proseguir—: ¿Y no te gustaría a ti cuando seas grande tener un auto como el de don Antero?

—No —dijo el niño.

Doña Resu carraspeó:

—Está bien —dijo seguidamente—, pero sí te gustaría saber de plantar pinos más que Guadalupe, el Extremeño.

—Sí.

—O saber cuántos dedos tiene el águila real o dónde anida el cernícalo lagartijero, ¿verdad que sí?

—Eso ya lo sé, doña Resu.

—Está bien —dijo el Undécimo Mandamiento en tono intemperante—, tú quieres que a doña Resu la pille el toro. Eso quieres tú, ¿verdad?

El niño no respondió. La Fa lo contemplaba pacientemente desde la línea dorada de la puerta. Doña Resu se incorporó y puso al Nini una mano en el hombro:

—Mira, Nini —le dijo maternalmente—, tú tienes luces naturales pero al cerebro hay que cultivarlo. Si a un pajarito no le dieras de comer todos los días moriría, ¿verdad que sí? Pues es lo mismo.

Carraspeó bobamente y agregó:

—¿Conoces al ingeniero de los extremeños?

—¿A don Domingo?

—Sí, a don Domingo.

—Sí.

—Pues tú podrías ser como él.

—Yo no quiero ser como don Domingo.

—Bueno, quien dice don Domingo dice otro cualquiera. Quiero decir que tú podrías ser un señor a poco que pusieras de tu parte.

El chiquillo alzó la cabeza de golpe:

—¿Quién le dijo que yo quiera ser un señor, doña Resu?

El Undécimo Mandamiento elevó los ojos al techo. Dijo, reprimiendo su irritación:

—Será mejor que vuelva a hablar con tu padre. Eres muy testarudo, Nini. Pero ten presente una cosa que te dice doña Resu: en este mundo no se puede estar uno mano sobre mano mirando cómo sale el sol y cómo se pone, ¿me entiendes? El undécimo, trabajar.

X

El Rabino Grande se levantaba antes de apuntar la aurora e inmediatamente hacía sonar el cuerno desde el centro de la Plaza y los vecinos, al oír la señal, tiraban, entre sueños, del cordel enganchado al picaporte de la cuadra y las ovejas y las cabras acudían por sí solas a concentrarse en torno al Pastor haciendo sonar jubilosamente sus esquilas. Por su parte, el Rabino Chico, a esas horas, ya regresaba del cauce de abrevar el ganado y ambos hermanos se cruzaban en la Plaza y se saludaban levantando lentamente una mano en ademán amistoso, como si fueran dos desconocidos:

—Buenos días.

—Buenos nos los dé Dios.

Luego, el Rabino Chico se encerraba en el establo, limpiaba los pesebres y preparaba las posturas, en tanto el Rabino Grande ascendía con el rebaño por el camino del alcor y la primera claridad del alba lo sorprendía, de ordinario, faldeando los tesos. Durante el otoño y el invierno, los primeros seres que el Rabino Grande divisaba abajo en la cuenca, entre los hoscos terrones, arrimados a la tira plateada del arroyo, eran el tío Ratero y el Nini. Los distinguía, claramente aunque diminutos, y por sus actitudes adivinaba cuándo escapaba la rata o cuándo la atrapaban.

Sentado en una laja, a medio teso, mientras almorzaba, seguía ahora sus evoluciones con una atención indiferente y fría.

Abajo, en la cuenca, el Ratero se apartó de la hura malhumorado:

—No está sobada —dijo.

El riachuelo, en estiaje prematuro, discurría penosamente entre los carrizos y las espadañas y, a los lados, bajo un sol pugnaz, blanqueaban los barbechos sedientos, en contraste con la engañosa plenitud de los cereales apuntados.

El niño estimuló a la perra:

—¡Tráela, Fa!

El animal, el hocico a ras de tierra, olfateaba las

veredas y los pasos de las riberas y al cruzar de una orilla a otra chapoteó en el agua ruidosamente. De pronto se plantó, el muñón erecto, la pequeña cabeza ladeada, fijos los ojos, el cuerpecillo tenso e inmóvil:

—¡Ojo, chita! —dijo el Ratero enarbolando el pincho.

La perra se arrancó ciegamente con un breve ladrido, quebrando, como una exhalación, las berreras y carrizos que se alzaban a su paso. Durante unos segundos corrió en línea recta, pero, de súbito, se detuvo, volvió sobre sus pasos, olisqueó tenazmente en todas direcciones y, al cabo, irguió la cabeza desolada y jadeó ahogadamente.

—La ha perdido —dijo el Nini.

—Es vieja ya; no tiene vientos —dijo el Ratero.

El Nini lo miró dubitativo. Dijo tras una pausa:

—Está preñada. Eso le pasa.

El hombre no respondió. La perra ganó de un salto la ribera, se agachó y, al concluir, escarbó nerviosamente con las manos hasta cubrir de tierra la pequeña mancha de humedad. Cada vez que orinaba en el campo procuraba no dejar rastro. En la cueva bastaba que el niño la señalara la entrada con un gesto para que el animal saliera y se desahogara. De muy joven lo hacía levantando la pata junto a las esquinas, como los perros, pero tras el primer parto, el animal se asentó y adquirió consciencia de su sexo. Antes, el Antoliano la cercenó el rabo de un solo golpe con el formón. Pero, en todo caso, el muñón de la Fa era un muñón alegre y expresivo, como esos hombres sobre quienes se acumulan las desgracias y, sin embargo, sonríen. Por el muñón de la Fa sabía el Nini dónde había ratas y dónde no las había, si estaba alegre o triste, dónde anidaban la abubilla y el alcaraván o si rondaba un peligro.

—Es del perro del Centenario —aclaró el Nini, tras una pausa, sin que el hombre le hubiera pedido explicaciones.

—¿Del Duque?

—Sí. Por la noche la Sime le da suelta.

El Ratero movió la cabeza enojado. Tenía la hirsuta barba a corros sin afeitar, y la sucia boina capona calada hasta las orejas. Sus ojos se enturbiaron al decir:

—No hay ratas ya.

Amagaba la primavera y los morrales eran cada vez más exiguos y laboriosos. Ningún año ocurrió así. Las ratas abundaban en el arroyo —a veces hasta cinco o seis en una hura— y raro era el día que el tío Ratero no conseguía un morral de tres docenas. Ahora, a duras penas lograban la tercera parte. El Ratero decía, apretando las encías deshuesadas: «Ése me las roba». Malvino, en la taberna, le malmetía cada noche: «Las ratas son tuyas, Ratero, métetelo en la cabeza. A ese granuja nadie le dio vela en este entierro». «Eso», decía el Ratero, y los músculos del cuello y de los brazos se le tensaban hasta casi saltar. Aún añadía el Malvino: «Quiere quitarte el pan; no dejes a ese gandul que te pise el terreno». Luego, hasta la tarde siguiente, el Ratero no hacía más que rumiar sus palabras pese a que el Nini se esforzaba en convencerle de que las ratas eran como los trigos, que unos años vienen mejor y otros peor, y culpaba de la escasez a los hurones y las comadrejas. «Algo han de comer —decía—; conejos no hay.» A veces el niño imaginaba que las ratas podían estar afectadas por la peste de los conejos, pero por más que investigó no consiguió dar con una rata enferma. Conejos, en cambio, se hallaban con facilidad en el páramo, las trochas o los senderos del monte, la cabeza aleonada, los párpados hinchados, el hocico erizado de pústulas. El animal contagiado era un ser indefenso que moría de inanición: ciego y sin olfato era incapaz de encontrar alimento.

El Nini cavó una cueva anidada y llamó la atención del Ratero:

—Mire —dijo.

Entre las pajas se movían dos minúsculos cuerpos sonrosados. Tenían aún los ojos cerrados pero, en cambio, abrían unas bocas desproporcionadas:

—Ya ve, dos crías —añadió el niño—. Nadie tiene la culpa.

De ordinario, las camadas de las ratas eran de cinco a ocho. Dijo el Ratero, luego de observarlas atentamente:

—Son de esta noche.

El niño cubrió el nido, cuidando de no aplastarlas. Insistió:

—Es año bisiesto. Nadie tiene la culpa.

A la mañana siguiente, cuando acechaba a la nutria, en el cauce, el Nini se topó con el ratero de Torrecillórigo. Era un muchacho apuesto, de ojos vivaces y expresión resuelta, que vestía una americana de pana parda y botas claveteadas como las del Furtivo. Su perro olisqueaba sin convicción entre las berreras. El hombre sonrió al niño y dijo, acuclillándose e hincando el pincho de hierro en el suelo:

—¿Qué pasa que no hay ratas este año?

—Qué sé yo —dijo el niño.

—El año pasado había un carro de ellas.

—Éste, no. Las comadrejas las sangran; y los hurones.

—¿Los hurones también?

—A ver. No hay conejos arriba. La peste acabó con ellos. Algo tienen que comer.

Luego permaneció en silencio un rato junto al cauce, observándolo. La Fa también lo miraba hacer y, de vez en cuando, rutaba con encono mal reprimido. El Nini reparó en la bolsa flácida, en la cintura del hombre:

—¿No cogiste ninguna?

El otro sonrió; su sonrisa era muy blanca en contraste con su rostro atezado:

—Ni las vi tampoco —dijo.

El niño hincó los codos en las rodillas y sujetó la cara entre las manos:

—¿Por qué lo haces? —inquirió al fin.

—¿Por qué hago qué?

—Cazar ratas.

—Para entretenerme, mira. A mí me gustan las ratas.

—¿Las vendes?

El otro rompió a reír francamente:

—Está bueno eso. Con sacar para merendar ya me conformo —dijo.

Entonces el niño le sugirió que cazara en el término de Torrecillórigo. El muchacho parecía muy divertido:

—¿Es vedado esto?

El niño continuó mudo. El hombre, entonces, se sentó en el ribazo, lió un cigarrillo, lo prendió y se tumbó bajo el sol. Guiñaba los ojos, no se sabía si por el humo del cigarrillo o por la fuerza del sol y, de pronto, se enderezó y dijo:

—Parece que no quiere llover.

El Pruden, desde San Juan Clímaco, decía cada tarde en la taberna del Malvino: «Si no llueve para San Quinciano, a morir por Dios». El Rosalino y el Virgilio, y el José Luis y el Justito y el Guadalupe y todos los hombres del pueblo no decían nada, pero cada madrugada, al despertar, alzaban los ojos al cielo y al contemplar el azul infinito barbotaban juramentos y maldecían entre dientes. No obstante, se aviaban y salían con el primer sol a aricar los sembrados o a binar los barbechos y, al terminar, se sentaban silenciosamente en la taberna a esperar el agua y, si es caso, trataban de olvidar el riesgo y decían: «Anda, Virgilio, tócate un poco; siquiera tendremos música». Y otro tanto acontecía en septiembre cuando aguardaban pacientemente que lloviera para alzar. Los hombres del pueblo trataban de acorazarse contra la adversidad y jalonaban el curso del año con fiestas y romerías. Pero el agua, o el nublado, o el pulgón, o la helada negra siempre venían a trastornarlo todo. Por las Marzas, que este año cayeron por San Porfirio, el pueblo parecía un funeral. Sin embargo, los mozos se dividieron, como de costumbre, en dos coros, y ambos se peleaban por el Virgilio Morante, pero a poco de prender las hogueras se presentó la señora Clo y dijo que había relente y que el Virgilio andaba constipado y que mejor estaría en casa. Los coros, sin el Virgilio, apenas acertaban a entonar y las mozas se reían desde los balcones de sus esfuerzos disonantes. Luego, en las bodegas, no había ratas para todos y una vez más se cumplió la vieja profecía del Centenario: «Vino con holgura, tajada con mesura». Y el José Luis le dijo brutalmente al tío Ratero: «Ya no sirves; tendrás que pedir plaza en el Asilo». Y dijo el Ratero: «No hay ratas ya; ése me las roba».

Apenas regresó el Nini de acechar a la nutria, le dijo el Ratero maquinalmente:

—¿Viste a ése?

El Nini no respondió. El tío Ratero levantó los ojos del puchero:

—¿Le viste? —insistió.

Aún tardó el niño un rato en responder:

—No sabe —dijo al fin—. Y el perro tampoco.

El Ratero le prendió del pelo y le obligó a levantar la cabeza:

—¿Dónde andaba, di?

El niño crispó la boca en un gesto de dolor:

—En las Revueltas —dijo—. Pero no sabe. En toda la tarde agarró una rata, ya ve.

El tío Ratero le soltó, pero sus dedos seguían crispados y finalmente los entrelazó con los de la otra mano, como si atenazara la garganta de alguien.

—Si lo cojo, lo mato —dijo.

Luego quedó resollando por el esfuerzo.

Por San Andrés Hivernón, perdió un ojo la perra. Ocurrió el mismo día que el Rabino Grande, el Pastor, mató a palos a una culebra de metro y medio que mamaba a la cabra del Pruden después de hipnotizarla. A la Fa la perdió el ansia del tío Ratero, su afán porque husmease entre las junqueras, los carrizos y los zaragüelles. El tío Ratero no se cansaba: «Busca, chita», decía. Y el animal rastreaba dócilmente entre las berreras y la coregüela.

Al salir de la maraña con el ojo herido gañía tenuemente. El tío Ratero dijo: «No sirve ya; está vieja». Y el niño la tomó en sus brazos y pasó la noche aplicándole compresas de áloe y pimienta. A la mañana siguiente, le bañó el ojo con jugo de ciruela, pero todo resultó inútil; la perra quedó tuerta, con una expresión extraña en la cara, entre pícara y taciturna.

Por San Juan de Ante Portam Latinam parió la perra; echó seis cachorrillos moteados y uno de pelaje canela. El Nini bajó donde el Centenario a darle la buena nueva.

—Ya somos parientes, ¿no? —le dijo el viejo.

—¿Parientes, señor Rufo?

—A ver. ¿No son los cachorros del Duque y de tu perra?

—Sí.

—Pues entonces.

El niño no se habituaba ahora a la soledad. Echaba en falta a la perra, a su lado. Cada vez que salía de la cueva el animalito le seguía con la vista dudando entre abandonarle a él o abandonar a sus crías. Una tarde, al regresar de sus correrías, la encontró aullando lastimeramente. Bajo ella, oculto entre las ubres, jugueteaba solitario el cachorro canela. El Ratero le dijo con una sonrisa maliciosa:

—Éste ve bien.

El Nini le miró sin responderle. Agregó el tío Ratero:

—Tiene los ojos bien listos.

El niño vacilaba:

—¿Y los otros? —dijo al fin.

—¿Los otros?

—¿Dónde los puso?

En la cara del tío Ratero se dibujó una mueca entre estúpida y socarrona:

—¿Dónde? Por ahí.

La perra gañía a su lado y el Nini tomó el cachorro en sus brazos y salió de la cueva. La Fa le precedía rastreando en la cárcava, atravesó el camino y por la linde del trigal se llegó al prado, levantó el hocico al viento, y al cabo, sin vacilar, se dirigió al río en línea recta. Una vez allí se alebró, la cabeza gacha, como entregada. Entonces divisó el Nini entre las espadañas el primer cachorro. Uno a uno recuperó los seis cadáveres y allí mismo, en el prado, cavó una hoya profunda y los enterró. Al concluir puso una cruz de palo sobre el montón de tierra y la Fa se ovilló a su lado, mirándolo apagadamente con su único ojo agradecido.

XI

La cigüeña casi siempre inmigraba a destiempo, lo que no impedía que el Nini anunciase su presencia cada año con varios días de antelación. En la cuenca existía desde tiempo el prejuicio de que la cigüeña era heraldo de primavera, aunque en realidad, por San Blas, fecha en que de ordinario se presentaba, apenas iba mediado el duro invierno de la meseta. El Centenario solía decir: «En Castilla ya se sabe, nueve meses de invierno y tres de infierno». Y raro era el año que se equivocaba.

El Nini, el chiquillo, sabía que las cigüeñas que anidaban en la torre eran siempre las mismas y no las crías, porque una vez las anilló y al año siguiente regresaron con su habitual puntualidad y los aros rebrillaban al sol en la punta del campanario como si fueran de oro. Tiempo atrás, el Nini solía subir al campanario cada primavera, por la fiesta de la Pascuilla, y desde lo alto de la torre, bajo los palitroques del nido, contemplaba fascinado la transformación de la tierra. Por estas fechas, el pueblo resurgía de la nada, y al desplegar su vitalidad decadente asumía una falaz apariencia de feracidad. Los trigos componían una alfombra verde que se diluía en el infinito acotada por la cadena de cerros, cuyas crestas agónicas se suavizaban por el verde mate del tomillo y la aliaga, el azul aguado del espliego y el morado profundo de la salvia. No obstante, los tesos seguían mostrando una faz torva que acentuaban las irisaciones cambiantes del yeso cristalizado y la resignada actitud del rebaño de Rabino Grande, el Pastor, ramoneando obstinadamente, entre las grietas y los guijos, los escuálidos yerbajos.

Bajo el campanario se tendía el pueblo, delimitado por el arroyo, la carretera provincial, el Pajero y los establos de don Antero, el Poderoso. El riachuelo espejeaba y reverberaba la estremecida rigidez de los tres chopos de la ribera con sus muñones reverdecidos. Del otro lado del río divisaba el niño su cueva, diminuta en la distancia, como la hura de un grillo, y según el cueto volvía, las cuevas derruidas de sus abuelos, de Sagrario, la Gitana, y del Mamés, el Mudo. Más atrás se alzaba el monte de encina del común y las águilas y los ratoneros lo sobrevolaban a toda hora acechando su sustento. Era, todo, como una portentosa resurrección, y llegada la Conversión de San Agustín la fronda del arroyo rebrotaba enmarañada y áspera; los linderones se poblaban de amapolas y margaritas, las violetas y los sonidos se arracimaban en las cunetas húmedas y los grillos acuchillaban el silencio de la cuenca con una obstinación irritante.

Sin embargo, este año, el tiempo continuaba áspero por Santa María Cleofé, pese a que el calendario anunciara dos semanas antes la primavera oficial. Unas nubes altas, apenas tiznadas, surcaban velozmente el cielo, pero el viento norte no amainaba y las esperanzas de lluvia se iban desvaneciendo. Junto al arroyo, en las minúsculas parcelas donde alcanzaba el agua, sembraron los hombres del pueblo escarola, acelgas, alcachofas y guisantes enanos. Otros segaron los cereales de las tierras altas para forrajes verdes y dispusieron la siembra de trigos de ciclo corto. Las yeguas quedaron cubiertas y con la leche de las cabras y las ovejas se elaboraron quesos para el mercado de Torrecillórigo. En las colmenas recién instaladas se hizo el oreo para evitar la enjambrazón prematura y el Nini, el chiquillo, no daba abasto para atender las demandas de sus convecinos:

—Nini, chaval, mira que quiero formar nuevas colonias. Si no cojo trigo siquiera que coja miel.

—Nini, ¿es cierto que si no destruyo las celdillas reales el enjambre se me largará? ¿Y cómo demontre voy a conocer yo las celdillas reales?

Y el Nini atendía a unos y a otros con su habitual solicitud.

Por San Lamberto, las nubes se disiparon y el cielo se levantó, y sobre los campos de cereales empezaron a formarse unos corros blanquecinos. El Pruden dio la alarma una noche en la taberna:

—¡Ya están ahí las parásitas! —dijo—. La piedralipe no podrá con ellas.

Le respondió el silencio. Desde hacía dos semanas no se oía en el pueblo sino el siniestro crotorar de la cigüeña en lo alto de la torre, y el melancólico balido de los corderos nuevos tras las bardas de los corrales. Los hombres y las mujeres caminaban por las sórdidas callejas arrastrando los pies en el polvo, la mirada ensombrecida, como esperando una desgracia. Conocían demasiado bien a las parásitas para no desesperar. El año del hambre el «ojo de gallo» arrasó los sembrados y dos más tarde el «cyclonium» no respetó una espiga. Los hombres del pueblo decían «cyclonium», entrecruzando los dedos mecánicamente, como veían hacer a don Ciro cada vez que soltaba cuatro latines desde el púlpito de la iglesia. A los más religiosos se les antojaba una blasfemia que se llamara «cyclonium» una parásita tan cruel y devastadora. No obstante, fuese su nombre propio o impropio, el «cyclonium» se ensañaba con ellos, o, al menos, amagaba todos los años por el mes de abril. El tío Rufo decía: «Si no fuera por abril no habría año vil». Y en el fondo de sus almas los hombres del pueblo alimentaban un odio concentrado hacia este mes versátil y caprichoso.

Por San Fidel de Sigmaringa, en vista de que la sequía se prolongaba, doña Resu propuso sacar el santo para impetrar la lluvia de lo Alto, siquiera don Ciro, el párroco de Torrecillórigo, con su excesiva juventud y su humildad, y su indecisa timidez, no les pareciera eficaz a los hombres del pueblo para un menester tan transcendente. De don Ciro contaban que el día que el Yayo, el herrador de Torrecillórigo, mató a palos a su madre y, tras enterrarla bajo un montón de estiércol, se presentó a él para descargar sus culpas, don Ciro le absolvió y le dijo suavemente: «Reza tres Avemarías, hijo, con mucho fervor, y no lo vuelvas a hacer».

Con todas estas cosas la nostalgia hacia don Zósimo, el Curón, se avivaba todo el tiempo. Don Zósimo, el antiguo párroco, levantaba dos metros y medio y pesaba 125 kilos. Era un hombre jovial que no paraba nunca de crecer. Al Nini, su madre, la Marcela, lo asustaba con él: «Si no callas —le decía—, te llevo donde el Curón, a que le veas roncar». Y el Nini callaba porque aquel hombre gigantesco, enfundado de negro, con aquel vozarrón de trueno, lo aterraba. Y cuando las rogativas, el Curón no parecía implorar sino exigir y decía: «Señor, concédenos una lluvia saludable y haz correr por la sedienta faz de la tierra las celestiales corrientes» como si se dirigiera a un igual en una conversación confianzuda. Y con aquella su voz atronadora, hasta los cerros parecían temblar y conmoverse. En cambio, don Ciro, ante la Cruz de Piedra, se arrodillaba en el polvo y decía humillando la cabeza y abriendo sus débiles brazos: «Aplaca, Señor, tu ira con los dones que te ofrecemos y envíanos el auxilio necesario de una lluvia abundante». Y su voz era débil como sus brazos, y los vecinos del pueblo desconfiaban de que una petición tan desvaída encontrara correspondencia en lo Alto. Y otro tanto sucedía en las Misiones. Don Zósimo, el Curón, cada vez que subía al púlpito era para hablarles de la fornicación y del fuego del infierno. Y peroraba con voz de ultratumba y, al concluir el último sermón, los hombres y mujeres abandonaban la parroquia empapados en sudor, lo mismo que si hubieran compartido con los réprobos durante unos días las penas del averno. Por contra, don Ciro hablaba dulcemente, con una reflexiva, cálida ternura, de un Dios próximo y misericordioso, y de la justicia social y de la justicia distributiva y de la justicia conmutativa, pero ellos apenas entendían nada de esto y si aceptaban aquellas pláticas era únicamente porque a la salida de la iglesia, durante el verano, don Antero, el Poderoso, y el Mamel, el hijo mayor de don Antero, se enfurecían contra los curas que hacían política y metían la nariz donde no les importaba.

No obstante, el pueblo acudió en masa a las rogativas. Antes de abrir el alba, tan pronto el gallo blanco del Antoliano lanzaba desde las bardas del corral su ronco quiquiriquí, se formaban torpemente dos filas oscuras que caminaban cansinamente siguiendo las líneas indecisas de los relejes. Paso a paso, los hombres y las mujeres iban rezando el rosario de la Aurora y a cada misterio hacían un alto y entonces llegaba a ellos el dulce campanilleo de las ovejas del Rabino Grande desde las faldas de los tesos. Y como si esto fuera la señal, el pueblo entonaba entonces desafinada, doloridamente, el «Perdón, oh Dios mío». Así hasta alcanzar la Cruz de Piedra del alcor ante la cual se prosternaba humildemente don Ciro y decía: «Aplaca, Señor, tu ira con los dones que te ofrecemos y envíanos el auxilio necesario de una lluvia abundante». Y así un día y otro día.

Por San Celestino y San Anastasio concluyeron las rogativas. El cielo seguía abierto, de un azul cada día un poco más intenso que el anterior. No obstante, al caer el sol, el Nini observó que el humo de la cueva al salir del tubo se echaba para la hondonada y reptaba por la vertiente del teso como una culebra. Sin pensarlo más dio media vuelta y se lanzó corriendo cárcava abajo, los brazos abiertos, como si planeara. En el puentecillo de junto al arroyo divisó al Pruden encorvado sobre la tierra:

—¡Pruden! —voceó agitadamente, y señalaba con un dedo la chimenea, a medio cueto—: El humo al suelo, agua en el cielo; mañana lloverá.

Y el Pruden levantó su rostro sudoroso y lo miró como a un aparecido, primero como con desconcierto pero, de inmediato, hincó la azuela en la tierra y sin replicar palabra se lanzó como un loco por las callejas del pueblo, agitando los brazos en alto y gritando como un poseído:

—¡Va a llover! ¡El Nini lo dijo! ¡Va a llover!

Y los hombres interrumpían sus tareas y sonreían íntimamente y las mujeres se asomaban a los ventanucos y murmuraban: «Que su boca sea un ángel», y los niños y los perros, contagiados, corrían alborozadamente tras el Pruden y aquéllos gritaban a voz en cuello: «¡Va a llover! ¡Mañana lloverá! ¡El Nini lo dijo!».

En la taberna corrió el vino aquella noche. Los hombres exultaban y hasta Mamés, el Mudo, se obstinaba en comunicar su euforia haciendo constantes aspavientos con sus dedos sobre la boca. Mas la impaciencia no les permitía a los hombres del pueblo traducir su lenguaje y Mamés gesticulaba cada vez más vivamente hasta que el Antoliano le dijo: «Mudo, no vocees así, que no soy sordo». Y todos, hasta el Mamés, rompieron a reír y, a poco, el Virgilín comenzó a cantar *La hija de Juan Simón* y todos callaron, porque el Virgilín ponía todo su sentimiento, y sólo el Pruden le dio con el codo al José Luis y musitó: «Eh, tú, hoy está cantando como los ángeles».

Al día siguiente, la Exaltación de la Santa Cruz, un nubarrón cárdeno y sombrío se asentó sobre la Cotarra Donalcio y fue desplazándose paulatinamente hacia el sudeste.

Y el Nini, apenas se levantó, lo escudriñó atentamente. Al fin se volvió hacia el Ratero y le dijo:

—Ya está ahí el agua.

Y con el agua se desató el viento y, por la noche, ululaba lúgubremente batiendo los tesos. El bramido del huracán desazonaba al niño. Se le antojaba que los muertos del pequeño camposanto, conducidos por la abuela Iluminada y el abuelo Román, y las liebres y los zorros y los tejos y los pájaros abatidos por Matías Celemín, el Furtivo, confluían en manada sobre el pueblo para exigir cuentas. Pero esta vez el viento se limitó a desparramar la gran nube sobre la cuenca y amainó. Era una nube densa, plomiza, como barriga de topo, que durante tres días con tres noches descargó sobre el término. Y los hombres, sentados a las puertas de las casas, se dejaban mojar mientras se frotaban jubilosos sus manos encallecidas y decían mirando al cielo entrecerrando los ojos:

—Ya están aquí las aguarradillas. Este año fueron puntuales.

A la mañana del cuarto día, el silencio despertó al Nini. El niño se asomó a la boca de la cueva y vio que la nube había pasado y un tímido rayo de sol hendía sus últimas guedejas blancas y proyectaba un luminoso arco iris de la Cotarra Donalcio al Cerro Colorado. Al niño le alcanzó el muelle aroma de la tierra embriagada y tan pronto sintió cantar al ruiseñor abajo, entre los sauces, supo que la primavera había llegado.

XII

A partir de San Gregorio Nacianceno, el canto de los grillos se hacía en la cuenca un verdadero clamor. Era como un alarido múltiple y obstinado que imprimía a los sembrados, al leve cauce del arroyo, a las míseras barracas de barro y paja, a los hoscos tesos que festoneaban el horizonte, una suerte de nerviosa vibración que se ensanchaba en ondas crecientes, como una marea, en los crepúsculos, para amainar en las horas centrales del día o de la noche. Mas en todo caso el canto de los grillos tenía un volumen y una densidad, se filtraba por todos los resquicios, ponía un fondo estridente a todas las faenas, pero los hombres y las mujeres del pueblo lo desdeñaban; era un algo, como el aire o el pan, que sostenía su ritmo vital sin que ellos se apercibiesen. Tan sólo la Columba, la del Justito, se llegaba en ocasiones a su marido, las manos abiertas, crispadas sobre el pecho, y sollozaba:

—Esos grillos, Justo. Esos grillos no me dejan respirar.

Por lo demás, la irrupción de los grillos significaba para el pueblo el comienzo de una larga expectativa. Los sembrados, aricados y escardados, verdegueaban en la distancia como una firme promesa y los hombres miraban al cielo insistentemente, pues del cielo bajaban el agua y la sed, la helada y las parásitas y, en definitiva, a estas altu-

ras, únicamente del cielo podía esperarse la grana-
zón de las espigas y el logro de la cosecha.

Con la irrupción de los grillos la Columba, la del
Justito, solía avisar al Nini para separar la gallina y
confiar los polluelos al pollo capón. De ordinario no
le pagaba el servicio, porque, según la Columba, el
dinero en el bolsillo de los rapaces sólo servía para
maliciarlos; se conformaba con darle de merendar
una pastilla de chocolate y un pedazo de pan y, luego, charlaba con él a distancia, junto al arcén del
pozo, y así que el niño marchaba la invadía una sensación de desasosiego, como un picor inconcreto que
iba extendiéndose por todo el cuerpo. Claro que esto
le ocurría cada vez que se arrimaba a cualquiera de
sus convecinos, razón por la cual la Columba terminó por no relacionarse con nadie. En puridad, la Columba echaba en falta su infancia en un arrabal de la
ciudad y no transigía con el silencio del pueblo, ni
con el polvo del pueblo, ni con la suciedad del pueblo, ni con el primitivismo del pueblo. La Columba
exigía, al menos, agua corriente, calles asfaltadas y
un cine y un mal baile donde matar el rato. Al Justito, su marido, lo traía de cabeza. Le decía:

—Justo, así que me levanto de la cama, sólo de
ver el mundo vacío me dan ganas de devolver.

El Justito se desazonaba:

—¿Y dónde vamos a ir que más valgamos?

A la Columba le blanqueaban mucho los ojos:

—¡Al infierno! ¡Donde sea! ¿No se fue el Quinciano?

—Valiente ejemplo, el Quinciano, de peón a Bilbao a morirse de hambre.

—Mejor muerta de hambre en Bilbao que de hartura en este desierto, ya ves.

Para la Columba, el pueblo era un desierto y la arribada de las abubillas, las golondrinas y los vencejos no alteraba para nada su punto de vista. Tampoco lo alteraban la llegada de las codornices, los rabilargos, los abejarucos, o las torcaces volando en nutridos bandos a doscientos metros de altura. Ni lo alteraban el chasquido frenético del chotacabras, el monótono y penetrante concierto de los grillos en los sembrados, ni el seco ladrido del mochuelo.

Con el Nini, la Columba no congeniaba. Se le antojaba un producto más de aquella tierra miserable, y cada vez que se lo encontraba lo miraba con desdén y desconfianza. De ahí que la Columba no recurriera al Nini sino en circunstancias extremas, como en caso de catar la colmena, o capar el marrano, o separar la gallina y confiar la pollada al pollo capón. Mas ella concretaba sobre el Justito su soledad y su desamparo:

—¿Y el Longinos, di? ¿No se marchó el Longinos? ¿Y quién había más desgraciado que él en estos contornos?

—Ése es otro cantar. El Longinos se fue con su hermana a León. Ése fue a mesa puesta.

—Eso, di que sí. Todos tienen sus razones menos nosotros.

Sin embargo, cada vez que Fito Solórzano, el Jefe, le decía lo de las cuevas, Justito, el Alcalde, veía surgir un punto de luz en el horizonte:

—Si el Jefe me ayudara... —decía—. Pero antes he de acabar con las cuevas.

La Columba se excitaba:

—Lo que es yo iba a andarme con contemplaciones.

—Tú, tú..., tú todo lo arreglas de boquilla. ¿Qué harías tú, di?

—Pondría un cartucho y prendería. Verás con qué garbo se arrancaba el Ratero.

—¿Y si no se arranca?

—Tampoco se pierde nada, mira.

Justito, el Alcalde, no obstante, tropezó dos mañanas antes, en la Plaza, con la señora Clo, la del Estanco, y ella y lo llamó a un aparte:

—Justito —le dijo—. ¿Es cierto que queréis largar al Ratero de su cueva? ¿Qué mal hace ahí?

—Ya ve, señora Clo. Un día se hunde y tenemos en el pueblo una desgracia.

Ella dijo:

—Arréglasela; eso es bien fácil.

La roncha de la frente de Justito, el Alcalde, enrojeció a ojos vistas:

—En realidad, no es eso, señora Clo. En realidad, es por los turistas, ¿sabe? Luego vienen los turistas y salen con que vivimos en cuevas los españoles, ¿qué le parece?

—Los turistas, los turistas... ¡déjeles que digan

misa! ¿No van ellos por ahí enseñando las pantorras y nadie les dice nada?

Por si esto fuera poco, el José Luis, el Alguacil, le hizo ver un día al Justito la imposibilidad de volar por las bravas la cueva del Ratero. El José Luis, después de un prolongado parlamento con el juez de Torrecillórigo, llegó a la conclusión de que el Ratero, sin soltar una peseta, era el dueño de su cueva.

—¿Dueño? —dijo perplejo el Justito—. ¿Puede saberse a quién ha pagado dos reales por ella?

El José Luis adoptó una actitud de suficiencia:

—¡Dinero! —dijo—. Para la Ley no solamente vale el dinero, Justo, no la fastidiemos. También cuenta el tiempo.

—¿El tiempo?

—A ver. Atiende, tú tienes una cosa un tiempo y un día, sin más que correr el tiempo, te haces el amo de ella. Así como suena.

El Justito frunció el entrecejo y la roncha le palpitó como una cosa viva:

—¿Aunque la hayas robado?

—Aunque la hayas robado.

—Estamos apañados, entonces —dijo el Justito desoladamente.

A partir del pleito de la cueva, la Columba empezó a mirar al Nini torcidamente, como a su más directo, encarnizado enemigo. Así y todo, el Nini, el chiquillo, parecía ignorar tal disposición y jamás se le pasó por las mientes que pudiera llegar un día en que tuviese que adoptar una resolución tan arriesgada como la de verter un bidón de gasolina en el pozo del Justito. Sin embargo, las cosas vinieron rodadas, y cuando por San Bernardino de Sena, la Columba mandó razón al Nini, como cada año, para separar la gallina, el niño acudió sin recelo, desplumó el pecho del pollo capón, le arrimó una mata de ortigas y lo depositó luego en el cajón sobre los pollos inquietos para que se calmase. La gallina, mientras tanto, lo miraba hacer estúpidamente tras los barrotes de la jaula, como si nada de todo aquello fuera con ella. Pero así que el niño terminó, la Columba, en vez de darle el pan y el chocolate, como de costumbre, se le quedó mirando con la misma estúpida expresión que la gallina. La Columba decía a veces que el Nini tenía cara de frío incluso de Virgen a Virgen, fechas en que más arreciaba la canícula. El Malvino explicaba que eso les pasa a todos los que piensan mucho, porque mientras los sesos trabajan la cabeza se caldea y la cara se queda fría, ya que las calorías del cuerpo están tasadas y si las pones en un sitio, de otro sitio has de quitarlas. El Rabino Grande, cuando estaba presente, apoyaba al tabernero y recordaba que cuando don Eustasio de la Piedra, que era un sabio, le tentaba las vértebras a su padre, tenía también cara de frío. Pero el Nini, ahora, ante la mirada impasible de la Columba, sólo acertó a decir:

—Bueno; esto está listo.

Entonces ella pareció despertar, le puso al niño la mano sobre el hombro y le dijo:

—Nini, ¿por qué no os largáis de la cueva?

—No —dijo hoscamente el niño.

—¿No os largáis o no puede saberse?

—Las dos cosas.

—¡Las dos cosas, las dos cosas! —lo zamarreó la Columba, y su voz airada fue subiendo gradualmente de tono—: Un día el reuma te roerá los huesos por vivir bajo tierra y entonces no podrás abrir la boca ni menear un pie.

El Nini no se inmutó:

—Mira los conejos —dijo serenamente.

La Columba, entonces, perdió los estribos, levantó la mano y le propinó al niño dos solemnes bofetones. Después, como si ella fuera la ofendida, se llevó las dos manos a las mejillas y empezó a llorar con bruscas sacudidas.

Esa misma noche, el Nini robó un bidón de gasolina del sotechado del Poderoso y lo vació en el pozo del Justito. A la mañana, como de costumbre, la Columba se bebió un vaso de agua en ayunas y, al concluir, chascó la lengua:

—Esta agua tiene gusto —dijo.

—Vaya por Dios —dijo pacientemente el Justito.

—Te digo que tiene gusto —insistió la Columba.

Y al arrimar la nariz a la herrada, al Justito le temblaban visiblemente los dedos:

—¿Sabes que tienes razón? El agua esta huele a gasolina.

Prendió un fósforo y el líquido de la herrada ardió furiosamente y el Justito comenzó a golpearse el pecho con los puños y a reír con gruesas carcajadas. Parecía muy alterado al coger la bicicleta y le dijo a la Columba con muchos aspavientos:

—De esto nada, ¿oyes? Hay petróleo aquí abajo. Voy a avisar al Jefe. Esto es más importante que las cuevas. Pero mientras no venga el Jefe, ni una palabra, ¿oyes?

Por la tarde se presentó el Jefe en el coche pequeño.

El sol aún no se había ocultado, pero a esas horas ya se sentían los agudos silbidos de los alcaravanes en la falda del Cerro Merino y los grillos aturdían con su canto frenético desde las tierras.

El Justito, con manos temblorosas, hizo la demostración y el Jefe, al ver arder la herrada, se sintió recorrido por un frío paralizante que, paradójicamente, le hacía sudar a chorros por la calva:

—Bueno, bueno... —dijo al fin con un nervioso guiño de complicidad—, esto tiene que verlo un técnico. Esto puede ser un hallazgo. Ni yo mismo puedo prever las consecuencias. Mañana volveré. Hasta tanto, mucha discreción.

Ya anochecido, el pueblo entero se estacionó ante la casa del Justito. Rosalino, el Encargado, tomó la palabra y dijo que tenían noticias de que había estado allí de incógnito el señor Gobernador y que el Antoliano y el Rabino Chico habían visto el coche y que algo importante debía de ocurrir en el pueblo y que Justo era su Alcalde y tenía el deber de informarles.

Tras su discurso, el encendido clamor de los grillos descendió de los cerros como un aroma sofocante y lo inundó todo, y Justo, el Alcalde, vaciló y, al fin, dijo:

—Nada, no ocurre nada, os lo digo yo.

Pero la señora Librada, la madre de la Sabina, la del Pruden, chilló con su vocecita estentórea:

—Vamos, Justo, no te hagas de rogar.

Y dijo la Dominica, la del Antoliano:

—Eso está muy feo, Justo.

Y Justo se volvió a ella:

—¿Cuál está feo, Dominica?

Y Dominica dijo:

—Hacerse de rogar.

Entonces el Justito levantó las manos en actitud conciliadora y dijo:

—Está bien.

Y con afectada parsimonia se llegó al pozo, extrajo un acetre de agua y le prendió fuego. Las llamas ascendieron caracoleando hacia el alto cielo oscurecido y el Justito sacó de lo hondo del pecho el vozarrón de Alcalde y dijo:

—¡Amigos! De la Cotarra Donalcio al Pezón de Torrecillórigo hay un mar de petróleo aquí debajo. El Jefe lo ha dicho así. Mañana seremos ricos. Ahora sólo os pido una cosa: calma y discreción.

Un alarido de entusiasmo coreó sus palabras. Los hombres y las mujeres se estrujaban, volaban al aire las sucias boinas caponas y el Pruden se despojó de la raída americana de pana parda y brincaba sobre ella como enloquecido. De vez en cuando se apartaba y decía: «Pisa, Dominica. Debajo está la fortuna. Hay que abrigarla». Y Mamés, el Mudo, babeando se dirigió al Alcalde, como si fuera a echar un discurso, pero sólo dijo: «Je», y por la comisura de la boca le escurría una espuma amarillenta. Y volvió a repetir: «Je». Entonces la Sabina, como trastornada, voceó: «¡El Mudo ha hablado! ¡El Mudo ha hablado!». Y la señora Librada, negra y fruncida como una uva pasa, dijo: «Es un milagro. El Mudo ha hablado». Y el Virgilio, encaramado en los hombros del Malvino, chilló: «¡Frutos, los cohetes!». El Frutos, el Jurado, regresó del Ayuntamiento en un santiamén y los cohetes rasgaron las tinieblas del cielo con su estela iluminada y detonaban en lo alto con una explosión breve, como abortada. La señora Clo avanzaba hacia la Sabina a trompicones, abriéndose paso entre el gentío, pero al ver al Virgilio en los hombros del Malvino le voceó: «Baja, Virgilio. Te vas a caer». Luego le preguntó a la Sabina: «Sabina, ¿es cierto que habló el Mudo?», y la Sabina dijo: «Ha dicho "olé"; todos lo oyeron». Doña Resu, a sus espaldas, se santiguó. Tan sólo el Guadalupe y sus hombres parecían descentrados en aquella algarabía, cerrados en corro, cabizbajos. El Capataz, al fin, se abrió paso a empellones y se encaró con el Justito. Dijo oscuramente:

—¿Y nosotros, Justo? ¿Qué vamos a sacar nosotros de todo esto?

El Alcalde exultaba. Le dijo:

—Os daremos una parte, claro. Aquí hay petróleo para todos. Os traeréis vuestras mujeres y vuestros hijos y viviréis con nosotros.

Nadie durmió aquella noche en el pueblo y, a la mañana, tan pronto se presentó el señor Gobernador con dos hombres graves y enigmáticos en el coche grande, la multitud excitada y soñolienta hizo corro en derredor de ellos. Mas cuando Justito prendió un fósforo y lo arrimó al acetre y el fósforo se apagó, se difundió en torno un murmullo de decepción. El Justito había empalidecido, pero aún insistió tres veces con el mismo resultado, hasta que, finalmente, el señor Gobernador le invitó a entrar en la casa con la herrada y los dos hombres graves y enigmáticos. Al salir, el gentío le rodeó expectante, y el señor Gobernador, a quien Justito empujaba por las posaderas, se encaramó torpemente al brocal del pozo y dijo con voz engolada:

—Campesinos: habéis sido objeto de una broma cruel. No hay petróleo aquí. Pero no os desaniméis por ello. Tenéis el petróleo en los cascos de vuestras huebras y en las rejas de vuestros arados. Seguid trabajando y con vuestro esfuerzo aumentaréis vuestro nivel de vida y cooperaréis a la grandeza de España. ¡Arriba el campo!

Nadie aplaudió. Al descender del arcén del pozo el señor Gobernador se pasó nerviosamente un pañuelo blanquísimo por la calva reluciente, propinó un golpecito amistoso al Justito y murmuró: «Lo siento». Luego levantó la voz y dijo: «De veras que lo siento». Y dirigiéndose a los dos señores graves y enigmáticos, dijo, señalándoles el automóvil: «Cuando gusten». Un mecánico uniformado les abrió la portezuela y el coche grande se perdió en el camino tras una nube de polvo.

XIII

Al rebasar la línea de sombra, el tío Ratero entornó los párpados, deslumbrado por los destellos del sol naciente. Desde el interior de la cueva, a contraluz, parecía más rechoncho y macizo de lo que era, y su inmovilidad y la boina capona hundida hasta las orejas le daban la apariencia de una estatua. Los brazos le pendían a lo largo del cuerpo, y las manos, de dedos todos iguales como tajados a guillotina, le alcanzaban holgadamente las rodillas. Al cabo de unos segundos, el hombre abrió los ojos y posó la mirada sobre los vastos campos de cereales incendiados de amapolas. El reiterativo canto de los grillos tenía ahora un ritmo tonificante, como una energía por primera vez desplegada. Los ojos del Ratero se fueron elevando poco a poco hasta los grises tesos lejanos, como barcos con las desnudas quillas al sol y, finalmente, resbalaron por las peladas laderas hasta detenerse en el puentecillo de tablas que enlazaba la cueva con el pueblo:

—Habrá que bajar —dijo entonces con un gruñido casi inaudible.

El Nini se adelantó hasta él, seguido de los perros, y se detuvo a su lado. Sus ojos estaban aún adormilados, pero el dedo pulgar de su pie derecho acariciaba mecánicamente a la perra tuerta a contrapelo y la Fa permanecía inmóvil, complacida, mientras el Loy, el cachorro, jugueteaba alocadamente en torno suyo.

—Será peor —dijo el niño—. Desbarataremos las camadas y no adelantaremos nada.

El hombre se sonó alternativamente las ventanas de la nariz y después se pasó por ella el dorso de la mano. Dijo:

—Algo hay que comer.

Desde que las ratas empezaron a escasear se acentuó el hermetismo del tío Ratero. La sucia boina calada hasta las orejas le dibujaba la forma del cráneo y el niño se preguntaba a menudo qué es lo que se fraguaría allí debajo. Años atrás por estas fechas, tras la merienda de Santa Elena y San Casto, el Ratero había hecho los ahorros suficientes para salvar el verano, pero la temporada última fue mala y ahora, llegada la veda, el hambre se alzaba ante ellos como un negro fantasma.

—Por San Vito se abre el cangrejo. Tal vez venga buen año —insistía el niño.

El tío Ratero suspiró hondo y no dijo nada. Sus pupilas se habían elevado de nuevo y se clavaban en los mondos cerros grises que cerraban el horizonte. Agregó el Nini:

—Para el verano subiremos al monte a descortezar las encinas; el Marcelino, el de los curtidos, lo paga bien. Será mejor aguardar.

El Ratero no respondió. Silbó tenuemente y el Loy, el cachorro, acudió a su silbido. Entonces el Ratero se acuclilló y dijo sonriendo: «Éste ve bien», y comenzó a hacerle zalemas y el Loy gruñía con simulada cólera y hacía que mordía sus toscas manos. Los días de ocio eran largos y, de ordinario, el Ratero los llenaba adecentando la cueva, o adiestrando al cachorro en el cauce, o charlando parsimoniosamente, al caer el sol, en el poyo de la puerta del Antoliano o en la taberna del Malvino. Algunas noches, antes de retirarse, iban todos juntos al establo a ver ordeñar al Rabino Chico. Y le decían: «Hoy sin hablar, Chico». Y cuando el Rabino Chico concluía se decían entre sí: «Dio menos leche, date cuenta». Y al siguiente día le decían: «Háblale a la vaca mientras la ordeñas, Chico». Y entonces el Rabino Chico iniciaba un monólogo melifluo y conseguía una herrada más y ellos se daban de codo y se decían con ademanes aprobatorios: «¿Qué te parece? Está chusco eso». A veces, mientras fumaban indolentemente en el establo o en el poyo del taller del Antoliano, la conversación recaía en el ratero de Torrecillórigo y el

Antoliano decía: «Sacúdele, Ratero. ¿Para qué quieres las manos?». Entonces el tío Ratero se estremecía levemente y farfullaba: «Deja que le ponga la vista encima». Y decía el Rosalino: «Al hijo de mi madre le podían venir con ésas». Y si la tertulia era en la taberna, el Malvino se llegaba al tío Ratero y le decía:

—Ratero, si un pobre se mete en casa de un rico, ya se sabe, es un ladrón, ¿no?

—Un ladrón —asentía el Ratero.

—Pero si un rico se mete en casa de un pobre, ¿qué es?

—¿Qué es? —repetía estúpidamente el tío Ratero.

—¡Una rata!

El Ratero denegaba obstinadamente con la cabeza:

—No —decía al fin—. Las ratas son buenas.

El Malvino porfiaba:

—Y yo digo, Ratero: ¿es que sólo se puede robar el dinero?

Los ojos del tío Ratero se enturbiaban cada vez más:

—Eso —decía.

Por Santa Elena y San Casto no hubo ratas para nadie y la fiesta de despedida de la caza resultó deslucida y triste. El Ratero fue sacando del morral una a una hasta cinco piezas:

—No hay más —dijo, al cabo.

El Pruden se echó a reír displicentemente:

—Para ese viaje no necesitabas alforjas.

El Ratero giró la sombría mirada en derredor y repitió:

—No hay ratas ya. Ése me las roba.

El Malvino se adelantó hasta él y dijo encolerizado:

—Y aún da gracias, porque a la vuelta de un año no te queda una para contarlo.

Los antebrazos del tío Ratero se erizaron de músculos cuando engarfió los dedos y dijo con una voz súbitamente enronquecida:

—Si lo cojo, lo mato.

En esos casos, el Nini procuraba calmar su excitación:

—Si no hay ratas, cangrejos habrá, no haga caso.

El Ratero no respondía, y llegada la noche ascendía a la cueva y el hombre prendía el candil y se sentaba a la puerta silencioso. Los grillos se desgañitaban abajo, en los sembrados, y los mosquitos y las mariposas nocturnas giraban en círculos concéntricos alrededor de la llama. De vez en cuando cruzaba sobre sus cabezas una ráfaga como un crujido de madera reseca. El niño levantaba los ojos y los perros rutaban.

—El chotacabras —decía el Nini a modo de explicación.

Pero el Ratero no lo oía. Al día siguiente, el Nini, como cada mañana, se esforzaba por hallar una solución. Con el alba abandonaba la cueva y pasaba el día cazando lagartos, recolectando manzanilla, o cortando lecherines para los conejos. Algunos días, incluso, alcanzaba las cumbres de los tesos más adustos de la cuenca para recoger almendras silvestres. Mas todo ello, en junto, rendía poco. Los lagartos, aunque de carne delicada y sabrosa, apenas tenían qué comer; la manzanilla la adquiría don Cristino, el farmacéutico de Torrecillórigo, a tres pesetas el kilo, y en cuanto a los lecherines, se los compraban la señora Clo, el Pruden o el Antoliano a real la brazada sólo por hacerle un favor. En alguna ocasión, el Nini trató de ampliar la clientela, pero la gente del pueblo se mostraba demasiado sórdida:

—¿A real la brazada? ¡Pero, hijo, si los lecherines andan tirados por las cunetas!

Una tarde, la víspera de San Restituto, el Nini se encontró de nuevo al muchacho de Torrecillórigo en el cauce. El niño trató de rehuirlo pero el muchacho se le acercó sonriente golpeándose la palma de la mano con el dorso de la pincha de hierro. La Fa olisqueaba el rabo del perro entre los carrizos. Dijo el muchacho:

—¿Cómo te llamas, chaval?

—Nini.

—¿Sólo Nini?

—Nini, ¿y tú?

—Luis.

—¿Luis? Vaya un nombre más raro.

—¿Te parece Luis un nombre raro?

—En mi pueblo no hay nadie que se llame así.

El muchacho se echó a reír y sus dientes blanquísimos destellaban en la tez oscura:

—¿Y no serán los de tu pueblo los que son raros?

El Nini levantó los hombros y se sentó en el ribazo. El muchacho se aproximó al cauce donde el perro rastreaba entre la maleza y dijo rutinariamente:

—Dale, dale.

Luego volvió donde el niño y se sentó a su lado, sacó la petaca y el librillo y lió un cigarrillo. Al prenderlo con el chisquero de yesca lo miró y, bajo el sol, sus ojos se estriaban como los de los gatos. Le dijo el Nini:

—Ya no deberías cazar.

—¿Y eso?

—Destruyendo las camadas terminarás con las ratas.

El muchacho empinó la pincha de hierro y la sostuvo unos segundos en equilibrio sobre el dedo índice sin sujetarla. Después retiró repentinamente la mano y la atrapó en el aire como quien atrapa una mosca. Se echó a reír:

—Y aunque así fuera, chaval —dijo—, ¿quién va a llorarlas?

El sol caía tras los cerros y los grillos aturdían en derredor. A intervalos se sentía entre los juncos, muy próxima, la llamada de la codorniz en celo.

—¿No te gusta cazar? —inquirió el Nini.

—Mira, es una manera de matar el rato. Pero también me gusta salir al campo con una chavala.

Al ponerse el sol, el Nini regresaba de sus correrías y se reunía con el Ratero en el poyo de la puerta del Antoliano, o en los establos del Poderoso, o en la taberna del Malvino. En cualquier caso, la actitud del Ratero no variaba: mudo, la mirada huidiza, los antebrazos descansando sobre los muslos, inmóviles, como acechantes. Si acaso la tertulia se celebraba en los establos, el Ratero, recostado en un pesebre, observaba al Rabino Chico y cuando éste terminaba de ordeñar movía la cabeza en un vago gesto afirmativo y murmuraba: «Está chusco eso». Y su vecino, fuese el Pruden, el Virgilio, el Rabino Grande o el Antoliano, le daba de codo y le decía: «¿Qué te parece, Ratero?». Y él volvía a repetir: «Está chusco eso».

Por Santa Petronila y Santa Ángela de Mérici, el Undécimo Mandamiento tornó a llamar al tío Ratero:

—¿Has reflexionado, Ratero? —le dijo al verlo.

—El Nini es mío —dijo el Ratero hoscamente.

—Escucha —agregó el Undécimo Mandamiento—. Yo no trato de quitarte al Nini sino de hacerlo un hombre. Doña Resu sólo pretende que el chico se labre un porvenir. Así, el día de mañana tendrá el «don» y ganará mucho dinero y se comprará un automóvil y podrá pasearte a ti por todo el pueblo. ¿No te gustaría, Ratero, pasearte en automóvil por todo el pueblo?

—No —dijo secamente el tío Ratero.

—Está bien. Pero sí te agradaría dejar un día la cueva y levantarte una casa propia con azotea y bodega sobre la Cotarra Donalcio, que gloria haya, ¿verdad que sí?

—No —dijo el Ratero—. La cueva es mía.

Doña Resu se llevó las dos manos a la cabeza y se la sujetó como si temiera que echase a volar.

—Está bien —repitió—. Está visto que lo único que a ti te divierte, Ratero, es que a doña Resu le pille el toro. Pero antes debes saber que con un poco de voluntad el Nini podría aprender muchas cosas, tantas cosas como pueda saber un ingeniero. ¿Te das cuenta?

El Ratero se rascó ásperamente bajo la boina:

—¿Ésos saben? —preguntó.

—¡Qué cosas! Cualquier problema que le sometas a un ingeniero te lo resolverá en cinco minutos.

El Ratero dejó de rascarse y levantó la cabeza de golpe:

—¿Y los pinos? —dijo de pronto.

—¿Los pinos? Mira, Ratero, ningún hombre por inteligente que sea puede nada contra la voluntad del Señor. El Señor ha dispuesto que las cuestas de Castilla sean yermas y contra eso nada valen todos los esfuerzos de los hombres. ¿Te das cuenta?

El Ratero asintió. Doña Resu pareció animarse. Ablandó la voz para seguir:

—Tu chico es inteligente, Ratero, pero es lo mismo que un campo sin sembrar. El chico podría ir a la escuela de Torrecillórigo y el día de mañana ya nos apañaríamos para que estudiara una carrera. Tú, Ratero, únicamente tienes que decirme sí o no. Si tú dices sí, yo me cojo al chico...

—El Nini es mío —dijo el Ratero, enfurruñado.

La voz de doña Resu se destempló:

—Está bien, Ratero, guárdatelo. No quisiese que el día de mañana te arrepintieras de esto.

Al atardecer, cuando en el pueblo se encendieron las primeras luces y los vencejos se recogían, chillando excitadamente, en los aleros del campanario, doña Resu se llegó al Ayuntamiento:

—Esta gente —le dijo al Justito malhumorada— mataría por mejorar de condición, pero si les ofreces regalada una oportunidad, te matarían porque no les obligases a aceptarla, ¿te das cuenta, Justo?

El Justito, el Alcalde, se golpeó tres veces la frente con un dedo y dijo:

—Al Ratero le falta de aquí. Si no rebuzna es porque no le enseñaron.

El José Luis terció:

—¿Y por qué no le hacemos un test?

—¿Un test? —dijo doña Resu.

—A ver. Esas cosas que se preguntan. Si hay un médico que dice que está chaveta o que es un retrasado, se le encierra y en paz.

Al Justito se le iluminó la cara:

—¿Como al Peatón? —preguntó.

—Tal cual.

Dos meses atrás, al regresar un domingo de Torrecillórigo, el Agapito, el Peatón, atropelló a un niño con la bicicleta y para dictaminar sobre su responsabilidad se le sometió en la capital a un cuestionario y los doctores llegaron a la conclusión de que la inteligencia del Peatón era pareja a la de una criatura de ocho años. Al Agapito le divirtió mucho la prueba y desde entonces se volvió un poco más locuaz y, a cada paso, utilizaba las preguntas en la cantina como acertijos. «¿Te hago un "test"?», decía. Otras veces se ufanaba de su actuación y decía: «Y el doctor me dijo: "Si en los accidentes de ferrocarril el vagón de cola es el que da más muertos y heridos, ¿qué se le ocurriría a usted para evitarlo?". Y yo le dije: "Si no es más que eso, doctor, bien sencillo es: quitarlo". La gente de la capital se piensa que los de los pueblos somos tontos».

—Si el Jefe lo autoriza, un test podría ser la solución —dijo el Justito.

Doña Resu bajó los ojos y dijo:

—Al fin y al cabo, si nos tomamos estas molestias es por su bien. El Ratero tiene el caletre de un niño y no adelantaremos nada tratándole como a un hombre.

XIV

Por la Pascuilla, estuvo a punto de ocurrir en el pueblo una gran desgracia. Poco antes de comenzar la fiesta, el badajo de la campana golpeó la nuca del Antoliano y el Mamertito, el chico del Pruden, se deslizó desde la torre con el cable amarrado alrededor de la cintura.

Felizmente, el Antoliano se rehízo a tiempo, pisó el cable y el Mamertito quedó penduleando en el vacío, con la ajada túnica azul celeste arrebujada en los sobacos y sus alitas blancas de plástico quebradas por la violencia del tirón.

El Nini, desde la Plaza, contemplaba el incidente sobrecogido, pues hacía tan sólo dos años era él quien desempeñaba el papel del Mamertito, pero Matías Celemín, el Furtivo, pese a que la víspera se le había muerto la galga, soltó una risotada a sus espaldas y dijo: «Parece un sisón alicortado, el bergante». La cosa, sin embargo, no pasó a mayores y doña Resu, el Undécimo Mandamiento, ordenó al Antoliano que izase de nuevo a la criatura, ya que faltaban los extremeños y la fiesta no podía comenzar.

A doña Resu, el Undécimo Mandamiento, le costó transigir con las imposiciones de Guadalupe, el Capataz, pero la decepción causada en los hombres del pueblo por el asunto del petróleo no se había disipado del todo y según le dijo el Rosalino, el Encargado, «este año no tenían humor para hacer el payaso». Sólo tras laboriosas gestiones logró doña Resu reclutar a seis apóstoles, mas Guadalupe, el Capataz, se mostró irreductible en este aspecto:

—Todos o ninguno, doña Resu, ya lo sabe. Los extremeños somos así.

Y antes que permitir que la Pascuilla se desluciese, doña Resu autorizó a los doce extremeños para que vistiesen los remendados sayales de los Apóstoles.

Sobre la Plaza polvorienta se cernía un sol henchido y pegajoso, y muy altos, allá donde el rumor del gentío no alcanzaba, evolucionaban perezosamente dos buitres negros. El Nini, el chiquillo, ignoraba dónde habitaban aquellas aves, pero bastaba el cadáver de un gato o de un cordero en los barbechos para que irrumpiesen por encima de los cuetos. Bajo ellos, las bandadas de vencejos se lanzaban en espasmos inverosímiles contra los vanos de la torre, acompañando sus movimientos de un chirrido ensordecedor.

Finalmente, tras la esquina de la iglesia, aparecieron los extremeños. El Nini los vio aproximarse con sus pesados andares, asomando bajo las túnicas polícromas los bastos pantalones de pana y las botazas embarradas de greda. Las pelucas despeluzadas, torpemente superpuestas, se derramaban sobre sus hombros y, no obstante, el grupo aparentaba una bíblica prestancia que acrecía sobre el fondo de casas de adobe y las sarmentosas bardas de los corrales.

El pueblo les abrió calle y los extremeños desfilaron cabizbajos y silenciosos por ella y, al llegar a las escaleras del templo, se desperdigaron entre la multitud y comenzaron a abrir puertas, y a saltar tapias, y a levantar piedras, en una enfebrecida búsqueda, hasta que doña Resu, ataviada con la túnica azul y el velo blanco de la Virgen, hizo una señal imperceptible al Antoliano y el Mamertito comenzó a descender, pausadamente ahora, desde lo alto de la torre, oscilando sobre el gentío, las alas aún desfasadas, pero lleno de unción y transcendencia.

Al divisar al Ángel, la Virgen, los apóstoles y el pueblo se prosternaron llenos de estupor y se abrió un silencio espeso y sobre el chillido histérico de los vencejos se alzó la voz del Mamertito:

—No le busquéis —dijo—. Jesús, el llamado Nazareno, ha resucitado.

El Mamertito evolucionó aún sobre la Plaza unos instantes, en tanto los fieles se persignaban y el Antoliano iba, poco a poco, recogiendo cable. Tan pronto desapareció el Ángel tras el vano de la torre, doña Resu se incorporó penosamente y dijo:

—Alabámoste Cristo y bendecímoste.

Y el pueblo devoto coreó:

—Que por tu Santa Cruz redimiste al mundo.

Acto seguido, todos penetraron en el templo y se postraron de hinojos, mientras arriba, en el coro, Frutos, el Jurado, daba suelta a una paloma del palomar del Justo. El animal, desconcertado, sobrevoló unos minutos la multitud, golpeándose varias veces contra las vidrieras, y, al final, fue a posarse aturdidamente sobre el hombro derecho de la Simeona. Entonces el Undécimo Mandamiento se volvió al pueblo desde las gradas del altar y le dijo a la Sime campanudamente:

—Hija, el Espíritu ha descendido sobre ti.

La Sime meneaba el hombro disimuladamente, tratando de ahuyentar a la paloma, pero en vista de que era inútil se resignó y empezó a tragar saliva con unos ruiditos extraños, como si se ahogara, y por último se dejó conducir por doña Resu hasta el hachero y, una vez allí, el pueblo desfiló ante ella y unos le besaban las manos, y otros hacían una genuflexión y los más tímidos dibujaban subrepticiamente sobre sus rostros requemados un garabato, como una furtiva señal de la cruz. Terminado el homenaje, la Sime, custodiada por los Apóstoles y precedida por la Virgen y el Ángel anunciador, que marcaban el paso a los acordes de la flauta y el tamboril, desfiló por las calles del pueblo, mientras la noche caía blandamente sobre los cerros.

Al iniciarse la procesión, el Nini corrió junto al Centenario, que apenas era ya un revoltijo de huesos bajo la lavativa:

—Señor Rufo —le dijo jadeante—, la paloma se le posó a la Sime esta tarde.

El viejo suspiró, levantó dificultosamente un dedo hacia el techo y dijo:

—Los buitres ya andan arriba. Los sentí esta mañana.

—Yo los vi —dijo el niño—. Volaban sobre la torre. Vienen por la galga del Furtivo.

El Centenario denegó obstinadamente con la cabeza. Al cabo dijo, con un gran esfuerzo, señalándose el hombro izquierdo:

—Ésos vienen a posarse aquí.

Y en efecto, a la tarde siguiente, San Francisco Caracciolo, falleció el Centenario. La Sime acostó el cadáver en el suelo del zaguán, boca arriba, sobre una arpillera, y le quitó el trapo de la cara de forma que el hueso rebrillaba a la luz de los cirios. En derredor se congregó el pueblo enlutado y silencioso y la Sime le dijo al Nini apenas entró:

—Ahí lo tienes. Al fin descansamos los dos.

Mas el tío Rufo no parecía descansar, con su único ojo y la boca patéticamente abiertos. Ni la Sime parecía descansar tampoco, porque tragaba saliva sin cesar, con unos ruiditos ahogados, como la víspera cuando el Espíritu descendió sobre ella. Pero a cada uno que llegaba le endilgaba la misma cosa y cuando el moscón, luego de estar posado diez minutos en las descarnaduras del Centenario, empezó a volar sobre la concurrencia, todos hacían aspavientos para ahuyentarlo excepto la Sime y el niño. Y el moscón retornaba sobre el cadáver, que era, sin duda, el más desapasionado de todos, pero cada vez que reanudaba el vuelo, los hombres y las mujeres abanicaban disimuladamente el aire para que no se les posase, y de este modo producían un siseo como el de las aspas de un ventilador. Media hora más tarde se presentó el Antoliano con el cajón de pino oliendo todavía a resina, y la Sime pidió que le echasen una mano, pero todos ronceaban, hasta que entre ella, el Nini y el Antoliano lograron encerrarlo, y como el Antoliano, por ahorrar material, había tomado las medidas justas, el tío Rufo quedó con la cabeza empotrada entre los hombros como si fuese jorobado o estuviera diciendo que a él ninguna cosa de este mundo le importaba nada.

A media tarde, llegó don Ciro, el Cura, con el Mamertito, roció el cadáver con el hisopo y se postró a sus pies y dijo angustiosamente:

—Inclina, Señor, tu oído a nuestras súplicas con las que imploramos tu misericordia a fin de que pongas en el lugar de la paz y la luz al alma de tu siervo Rufo al cual mandaste salir de este mundo. Por Nuestro Señor Jesucristo...

—Amén —dijo el Mamertito.

Y en ese instante el moscón se arrancó del cadáver y voló derechamente a la punta de la nariz de don Ciro, pero don Ciro, con los ojos bajos, las manos cruzadas mansamente sobre la sotana parecía en éxtasis y no reparó en ello. Y el acompañamiento se daba de codo y murmuraba: «El cáncer le roerá la nariz», pero don Ciro proseguía imperturbable, hasta que, sin amago previo, estornudó ruidosamente y el moscón, asustado, buscó refugio, de nuevo, en el cadáver.

Al concluir las preces, la señora Clo se presentó con el libro apolillado y la Sime dijo:

—¿Qué? Era del viejo.

En la primera página decía: «Sermones para los misterios más clásicos de las festividades de Jesucristo y de María Santísima. El autor es el licenciado en Sagrados Cánones don Joaquín Antonio de Eguileta, presbítero y capellán mayor de la Iglesia de San Ignacio de Loyola de esta Corte. Tomo III. Madrid MDCCXCVI. Con las licencias necesarias».

La Sime levantó los ojos y repitió:

—¿Qué? Era su libro.

—Mira —dijo la señora Clo.

Y abrió por la mitad y apareció un papel plegado, envolviendo un billete de cinco pesetas. Y en el papel, torpemente garrapateado, decía: *Reserbas para conparme la dentadura*. Y en la página siguiente había otro billete de cinco pesetas, y otro en la otra, y así hasta veinticinco. La señora Clo se ensalivó el pulgar, repasó el dinero expertamente, billete a billete, y se lo entregó a la Simeona.

—Toma —le dijo—, esto que te tienes. La dentadura de nada puede servirle al viejo.

Al día siguiente, San Bonifacio y San Doroteo, cuando los mozos izaron las andas, los comentarios del pueblo giraban en torno al hallazgo de la señora Clo, pero más aún que los billetes sorprendió el hecho de que el Centenario tuviera un libro en su casa. Y decía el Malvino, con evidente escepticismo: «Luego que si sabe o deja de saber. ¿Y quién no sabe teniendo un libro a la mano, digo yo?».

Hasta la iglesia, los mozos hicieron tres posas con el ataúd y, en cada una, don Ciro rezó los oportunos responsos, mientras la Sime se impacientaba sobre el carrillo, junto al Nini, y el Duque, el perro, amarrado a la trasera, con la soga como un dogal, gañía destempladamente. Una vez en la iglesia, apenas los hombres depositaron el féretro en el carro, la Sime azuzó el borrico y éste emprendió veloz carrera entre el estupor de la concurrencia. La Sime llevaba el cabello desgreñado, la mirada brillante y las mandíbulas crispadas, pero hasta alcanzar el alcor no despegó los labios. Le dijo, entonces, al Nini:

—Y tú, qué pintas aquí, ¿di?

El niño la miró gravemente:

—Sólo quiero acompañar al viejo —dijo.

Ya en el camposanto, entre los dos, arrastraron el ataúd a la zanja y la muchacha empezó a echar sobre él paletadas de tierra con mucho brío. La caja sonaba a hueco y los ojos de la Sime se iban humedeciendo a cada paso, hasta que el Nini se encaró con ella:

—Sime, ¿es que te ocurre algo?

Ella se pasó el envés de la mano por la frente. Dijo luego, casi furiosa:

—¿No ves la polvareda que estoy armando?

Al salir, junto a la verja, el Loy olisqueaba el

rabo del Duque y sobre los tesos se extendía una indecible paz. La Sime señaló al Loy con la pala:

—Ni se da cuenta que es su padre; ya ves.

De regreso, el borrico sostenía un trotecillo cochinero que se hizo más vivo al descender del alcor. Pero la Sime condujo el carro por la senda de la Cotarra Donalcio y entró en el pueblo por la iglesia en lugar de hacerlo por el almacén del Poderoso. Le dijo el Nini:

—Sime, ¿es que no vas a casa?

—No —dijo la Sime.

Y ante la puerta del Undécimo Mandamiento detuvo el carrillo, se apeó y llamó con dos secos aldabonazos. Doña Resu, al abrir, tenía cara de dolor de estómago:

—Sime, mujer —dijo—, el undécimo no alborotar.

El Nini esperaba que la Sime respondiera desabridamente, pero ante su sorpresa, la muchacha se humilló y dijo en un susurro:

—Disculpe, doña Resu; si no le importa, acompáñeme a la iglesia. Quiero ofrecerme.

El Undécimo Mandamiento se santiguó, luego se apartó de la puerta y dijo:

—Alabado sea Dios. Pasa hija. El Señor te ha llamado.

XV

Por Nuestra Señora de la Luz brotaron las centellas en el prado y el Nini se apresuró a enviar razón al Rabino Grande para que alejara las ovejas, pues, según sabía por el Centenario, la oveja que come centellas cría galápago en el hígado y se inutiliza. Aquella misma tarde, el Pruden informó al niño que los topos le minaban el huerto e impedían medrar las acelgas y las patatas. Al atardecer, el Nini descendió al cauce y durante una hora se afanó en abrir en el suelo pequeñas calicatas para comunicar las galerías. El Nini sabía, por el abuelo Román, que formando corriente en las galerías el topo se constipa y con el alba abandona su guarida para cubrirlas. El Nini trabajaba con parsimonia, como recreándose, y, en su quehacer, se guiaba por los pequeños montones de tierra esponjosa que se alzaban en derredor. La Fa, repentinamente envejecida, lo veía hacer jadeando desde un sombrajo de carrizos, mientras el Loy, el cachorro canela, correteaba en la cascajera persiguiendo a las lagartijas.

Al día siguiente, San Erasmo y Santa Blandina, antes de salir el sol, el niño bajó de nuevo al huerto. La calina difuminaba las formas de los tesos que parecían más distantes, y en las plantas se condensaba el rocío. Junto al ribazo voló ruidosamente una codorniz, en tanto los grillos y las ranas que anunciaban alborozadamente la llegada del nuevo día, iban enmudeciendo a medida que el niño se aproximaba. Ya en el huerto, el Nini se apostó en un esquinazo junto al arroyo y, apenas transcurridos diez minutos, un rumor sordo, semejante al de los conejos embardados, le anunció la salida del topo. El animal se movía torpemente, haciendo frecuentes altos, y, tras una última vacilación, se dirigió a una de las calicatas abiertas por el niño y comenzó a acumular tierra sobre el agujero arrastrándola con el hocico. El Loy, el cachorro, al divisarlo, se agachó sobre las manos y le ladró furiosamente, brincando en extrañas fintas, pero el niño lo apartó, regañándole, tomó el topo con cuidado y lo guardó en la cesta. En menos de una hora capturó tres topos más y apenas el resplandor rojo del sol se anunció sobre los cuetos y tendió las primeras sombras, el Nini se incorporó, estiró perezosamente los bracitos y dijo a los perros: «Andando». Al pie del Cerro Colorado, el José Luis, el Alguacil, abonaba los barbechos y poco más abajo, en la otra ribera del arroyo, el Antoliano ataba pacientemente las escarolas y las lechugas para que blanqueasen. Desde el pueblo llegaba el campanilleo del rebaño y las voces malhumoradas y soñolientas de los extremeños en el patio del Poderoso.

Veinte metros río abajo, al alcanzar los carrizos, se arrancó inopinadamente el águila perdicera. Era un hecho anómalo que el águila pernoctase en los juncos y el Nini no tardó en descubrir el nido burdamente construido sobre una zarza con cuatro palos entrelazados recubiertos con una piel de lebrato. Dos pollos, uno de mayor tamaño que otro, le enfocaban sus redondos ojillos desconfiados, levantando sus corvos picos en actitud amenazadora. El niño sonrió, arrancó un junco y se entretuvo un rato provocándolos, aguijoneándolos hasta hacerlos desesperar. Arriba, en el azul del cielo, el águila madre describía grandes círculos, por encima de su cabeza.

El Nini silenció su descubrimiento, pero cada tarde descendía a la junquera para observar el progreso de los pollos, las evoluciones de la madre, que, de vez en cuando, retornaba al nido apresando entre sus garras rapaces un lagarto, una rata o una perdiz. A cada incursión, el águila, encaramada en lo alto de la zarza, oteaba desafiante y majestuosa los alrededores, antes de desollar la pieza para entregársela a sus crías. El niño, oculto entre los juncos, espiaba sus movimientos, la avidez descompuesta de los aguiluchos devorando la presa, la orgullosa satisfacción del águila madre antes de remontarse de nuevo en la altura. De este modo los aguiluchos iban emplumando y desarrollándose, hasta que una tarde el Nini descubrió que el más pequeño había desaparecido del nido y el grande había sido amarrado con un alambre al tronco del zarzal. Mientras cortaba la atadura precipitadamente, pensó en Matías Celemín, el Furtivo, y, a poco, ya no pensó en nada porque el águila picaba en vertical sobre él desde una altura de trescientos metros y la Fa y el Loy ladraban mirando a lo alto sin cesar de recular. El águila, en su descenso, apenas rozó el nido, sujetó entre sus garras la cría liberada y se remontó de nuevo con ella en dirección al monte.

Dos días más tarde, el Triunfo de San Pablo, salió el norte y el tiempo refrescó. Los crepúsculos eran más fríos y los grillos y las codornices amortiguaron sus conciertos vespertinos. Al día siguiente, San Medardo, amainó el viento y, al atardecer, el cielo levantó y sobre el pueblo se cernió una atmósfera queda y transparente. Ya noche cerrada, asomó la luna, una luna blanca y lejana, que fue alzándose gradualmente sobre los tesos. Cuando el Ratero y el Nini llegaron a la taberna, el Chuco, el perro del Malvino, ladraba airadamente a la luna desde el corral y sus ladridos tenían una resonancia cristalina. El Malvino se descompuso. Dijo:

—¿Qué le ocurre a este animal esta noche?

Poco a poco, sin acuerdo previo, fueron llegando a la cantina todos los hombres del pueblo. Entraban diseminados, uno a uno, la negra boina capona calada hasta las orejas, y antes de sentarse en los bancos miraban en torno medrosos y desconfiados. Tan sólo, de tiempo en tiempo, se sentía el golpe de un vaso sobre una mesa o una airada palabrota. La atmósfera iba llenándose de humo y, cuando el Pruden apareció en la puerta, veinte rostros curtidos se volvieron a él patéticamente. El Pruden vaciló en el umbral. Parecía muy pálido e inseguro. Dijo:

—Mucho brillan los luceros, ¿no amagará la helada negra?

Le respondió el silencio y, al fondo, el enconado y metódico ladrido del Chuco, en el corral. El Pruden miró en torno antes de sentarse y entonces oyó el juramento del Rosalino, el Encargado, a sus espaldas y, al volverse, el Rosalino le dijo:

—Si yo fuera Dios pondría el tiempo a tu capricho sólo por no oírte.

Tras la oscura voz del Rosalino, el silencio se hizo más espeso y dramático. El José Luis, el Alguacil, rebulló inquieto antes de decir:

—Malvino, ¿no podrías callar ese perro?

Salió el tabernero y desde dentro se oyó el puntapié y el aullar dolorido del animal en fuga. En la estancia pareció aumentar la tensión al regresar el Malvino. Dijo, brumosamente, Guadalupe, el Capataz, al cabo de un rato:

—¿Dónde se ha visto que hiele por San Medardo?

Los cuarenta ojos convergieron ahora sobre él y Guadalupe, para ahuyentar su turbación, apuró el vaso de golpe. Malvino se llegó a él con la frasca y se lo llenó sin que el otro lo pidiera. Dijo luego, con la frasca en la mano, encarándose ya, decididamente, con lo inevitable:

—Eso no. Va para veinte años de la helada de Santa Oliva, ¿os recordáis? El cereal estaba encañado y seco y en menos de cuatro horas todo se lo llevó la trampa.

El hechizo se rompió de pronto:

—No llegarían a diez fanegas lo que cogimos en el término —añadió el Antoliano.

Justito, el Alcalde, desde la mesa del rincón voceó:

—Eso ocurre una vez. Un caso así no volveremos a verlo.

El Antoliano accionaba mucho con sus manazas en la mesa inmediata explicándole al Virgilio, el de la señora Clo, el desastre:

—Las argayas estaban chamuscadas, ¿oyes? Lo mismo que si el fuego hubiera pasado sobre ellas. Lo mismo. Todo carbonizado.

El tabernero llenaba los vasos, y las lenguas, al principio remisas, iban entrando en actividad. Se diría que mediante aquella ardiente comunicación esperaban ahora conjurar el peligro. De pronto, dominando las conversaciones, se oyó de nuevo el lastimero aullido del Chuco en el patio.

Dijo el Nini:

—El perro ese ladra como si hubiera un muerto.

Nadie le respondió y los aullidos del Chuco, cada vez más modulados, recorrieron las mesas como un calambre. El Malvino salió al patio. Su blasfemia se confundió con el llanto quejumbroso del perro y el portazo del Furtivo al entrar. Dijo Matías Celemín, resollando como si terminara de hacer un largo camino:

—Buena está cayendo. Los relejes están tiesos como en enero. En la huerta no queda un mato en pie. ¿A qué viene este castigo?

De todos los rincones se elevó un rumor de juramentos reprimidos. Sobre ellos retumbó la voz del Pruden excitada, vibrante:

—¡Me cago en mi madre! —chilló—. ¿Es esto vivir? Afana once meses como un perro y, luego, en una noche... —Se volvió al Nini. Su mirada febril se concentraba en el niño, expectante y ávida—: Nini, chaval —agregó—, ¿es que ya no hay remedio?

—Según —dijo el chiquillo gravemente.

—Según, según... ¿según qué?

—El viento —respondió el niño.

El silencio era rígido y tenso. Las miradas de los hombres convergieron ahora sobre el Nini como los cuervos en octubre sobre los sembrados. Inquirió el Pruden:

—¿El viento?

—Si con el alba vuelve el norte arrastrará la friura y la espiga salvará. La huerta ya es más difícil —dijo el niño.

El Pruden se puso en pie y dio una vuelta entre las mesas. Andaba como borracho y reía ahora como un estúpido:

—¿Oísteis? —dijo—. Aún hay remedio. ¿Por qué no ha de salir el viento? ¿No es más raro que hiele por San Medardo y, sin embargo, está helando? ¿Por qué no ha de salir el viento?

Cesó repentinamente de reír y observó en torno esperando el asentimiento de alguien, pero repasó todos los rostros, uno a uno, y no vio más que una nube de escepticismo, una torva resignación allá en lo hondo de las pupilas. Entonces volvió a sentarse y ocultó el rostro entre las manos. Tras él, el Antoliano le decía al Ratero a media voz: «No hay ratas, la cosecha se pierde, ¿puede saberse qué coños nos ata a este maldito pueblo?». El Rabino Chico tartamudeó: «La tie... La tierra —dijo—. La tierra es como la mujer de uno». El Rosalino gritó desde el otro extremo: «¡Tal cual, que te la pega con el primero que llega!». Mamés, el Mudo, hacía muecas junto al Furtivo, unas muecas aspaventeras como cada vez que se ponía nervioso. Matías Celemín voceó de pronto: «¡Calla, Mudo, leche, que mareas!». El Frutos, el Jurado, dijo entonces: «¿Y si cantara el Virgilio?». Y, como si aquello fuera una señal, vocearon simultáneamente de todas las mesas: «¡Venga, Virgilio, tócate un poco!». Agapito, el Peatón, empezó a palmear el tablero acompasadamente con las palmas de las manos. El Justito, que desde hacía dos horas bebía sin parar del porrón, levantó su voz sobre los demás: «¡Dale, Virgilio, la que sea sonará!», y el Virgilio carraspeó por dos veces y se arrancó por *El Farolero* y el Agapito y el Rabino Grande batieron palmas y, a poco, el Frutos, el Guadalupe, el Antoliano y el José Luis se unieron a ellos. Minutos más tarde, la taberna hervía y las palmas se mezclaban con las voces enloquecidas entonando desafinadamente viejas y doloridas canciones. El humo llenaba la estancia y Malvino, el tabernero, recorría las mesas y colmaba los vasos y los porrones sin cesar. Fuera, la luna describía sigilosamente su habitual parábola sobre los tesos y los tejados del pueblo y la escarcha iba cuajando en las hortalizas y las argayas.

El tiempo había dejado de existir y al irrumpir en la taberna la Sabina, la del Pruden, los hombres se miraron ojerosos y atónitos, como preguntándose la razón por la que se encontraban allí congregados. El Pruden se frotó los ojos y su mirada se cruzó con la mirada vacía de la Sabina y, entonces, la Sabina gritó:

—¿Puede saberse qué sucede para que arméis este jorco a las cinco de la mañana? ¿Es que todo lo que se os ocurre es alborotar como chicos cuando la escarcha se lleva la cosecha? —Avanzó dos pasos y se encaró con el Pruden—: Tú, Acisclo, no te recuerdas ya de la helada de Santa Oliva, ¿verdad? Pues la de esta noche aún es peor, para que lo sepas. Las espigas no aguantan la friura y se doblan como si fueran de plomo.

Repentinamente se hizo un silencio patético. Parecía la taberna, ahora, la antesala de un moribundo donde nadie se resolviera a afrontar los hechos, a comprobar si la muerte se había decidido al fin. Una vaca mugió plañideramente abajo, en los establos del Poderoso, y como si esto fuera la señal esperada, el Malvino se llegó al ventanuco y abrió de golpe los postigos. Una luz difusa, hiberniza y fría se adentró por los cristales empañados. Pero nadie se movió aún. Únicamente al alzarse sobre el silencio el ronco quiquiriquí del gallo blanco del Antoliano, el Rosalino se puso en pie y dijo: «Venga, vamos». La Sabina sujetaba al Pruden por un brazo y le decía: «Es la miseria, Acisclo, ¿te das cuenta?». Fuera, entre los tesos, se borraban las últimas estrellas y una cruda luz blanquecina se iba extendiendo sobre la cuenca. Los relejes parecían de piedra y la tierra crepitaba al ser hollada como cáscaras de nueces. Los grillos cantaban tímidamente y desde lo alto de la Cotarra Donalcio llamaba con insistencia un macho de perdiz. Los hombres avanzaban cabizbajos por el camino y el Pruden tomó al Nini por el cuello y a cada paso le decía: «¿Saldrá el norte, Nini? ¿Tú crees que puede salir el norte?». Mas el Nini no respondía. Miraba ahora la verja y la cruz del pequeño camposanto en lo alto del alcor y se le antojaba que aquel grupo de hombres abatidos, adentrándose por los vastos campos de cereales, esperaba el advenimiento de un fantasma. Las espigas se combaban, cabeceando, con las argayas cargadas de escarcha, y algunas empezaban ya a negrear. El Pruden dijo desoladamente, como si todo el peso de la noche se desplomara de pronto sobre él: «El remedio no llegará a tiempo».

Abajo, en la huerta, las hortalizas estaban abatidas, las hojas mustias, chamuscadas. El grupo se detuvo en los sembrados encarando el Pezón de Torrecillórigo y los hombres clavaron sus pupilas en la línea, cada vez más nítida, de los cerros. Tras la Cotarra Donalcio la luz era más viva. De vez en cuando, alguno se inclinaba sobre el Nini y en un murmullo le decía: «Será tarde ya, ¿verdad, chaval?». Y el Nini respondía: «Antes de asomar el sol es tiempo. Es el sol quien abrasa las espigas». Y en los pechos renacía la esperanza. Pero el día iba abriendo sin pausa, aclarando los cuetos, perfilando la miseria de las casas de adobes, y el cielo seguía alto y el tiempo quedo y los ojos de los hombres, muy abiertos, permanecían fijos, con angustiosa avidez, en la divisoria de los tesos.

Todo aconteció de repente. Primero fue un soplo tenue, sutil, que acarició las espigas; después, el viento tomó voz y empezó a descender de los cerros ásperamente, desmelenado, combando las cañas, haciendo ondular como un mar las parcelas de cereales. A poco, fue un bramido racheado el que sacudió los campos con furia y las espigas empezaron a pendular, aligerándose de escarcha, irguiéndose progresivamente a la dorada luz del amanecer. Los hombres, cara al viento, sonreían imperceptiblemente, como hipnotizados, sin atreverse a mover un solo músculo por temor a contrarrestar los elementos favorables. Fue el Rosalino, el Encargado, quien primero recuperó la voz y, volviéndose a ellos, dijo:

—¡El viento! ¿Es que no lo oís? ¡Es el viento!

Y el viento tomó sus palabras y las arrastró hasta el pueblo, y entonces, como si fuera un eco, la campana de la parroquia empezó a repicar alegremente y, a sus tañidos, el grupo entero pareció despertar y prorrumpió en exclamaciones incoherentes y Mamés, el Mudo, babeaba e iba de un lado a otro sonriendo y decía: «Je, je». Y el Antoliano y el Virgilio izaron al Nini por encima de sus cabezas y voceaban:

—¡Él lo dijo! ¡El Nini lo dijo!

Y el Pruden, con la Sabina sollozando a su cuello, se arrodilló en el sembrado y se frotó una y otra vez la cara con las espigas, que se desgranaban entre sus dedos, sin cesar de reír alocadamente.

XVI

Los diminutos huertos de junto al arroyo quedaron abrasados por la helada negra. No obstante, los hombres del pueblo descendieron obstinadamente a sus parcelas y sembraron las tierras de acederas, berros picantes, escarolas rizadas, guisantes tiernos, perifollos, puerros y zanahorias tempranas. Rosalino, el Encargado, aligeró el majuelo de raíces y rebrotes en los patrones injertados y el Nini, el chiquillo, se ocupó de eliminar los zánganos de las colmenas y seleccionar los conejos para la reproducción. Un sol, todavía clemente, estabilizó la temperatura, y bajo sus rayos los cereales terminaron de encañar y de granar y se secaron en pocos días. En el pueblo acreció entonces la actividad. A toda hora, los hombres y las mujeres limpiaban las eras y preparaban los aperos para la trilla y, al atardecer, desinfectaban los graneros dispuestos para recibir el cereal. Sobre el cielo, de un azul intenso, volaron un día las cigüeñas nuevas de la torre anticipándose al dicho del difunto señor Rufo: «Por San Juan, las cigüeñas a volar». Así y todo, cada mañana, las miradas de los hombres del pueblo se concentraban en el Portón del Noroeste, que en la primera decena del mes se mantuvo sereno y despejado. El Pruden decía a cada paso: «Lo que hace falta ahora es que no llueva». El difunto Centenario solía apostillar con su proverbial contundencia: «Agua en junio, trae infortunio». Y los hombres de la cuenca aguardaban el sol cada mañana con la misma vehemencia con que aguardaban la lluvia por Nuestra Señora de Sancho Abarca o por San Saturio. Sin embargo, entre el vecindario cundió un optimismo prematuro por San Basilio el Magno. El hecho de haber salvado el cereal de la helada negra les imbuía una locuacidad desbordada. «Mal que bien, la cosecha va salvando», decían. Pero la señora Librada, más vieja o más precavida, advertía: «Aguarda a tener el trigo en la panera antes de hablar».

Por su parte, el tío Ratero no esperaba nada del tiempo. Su hermetismo era cada vez más hosco e irreductible. Durante el día apenas despegaba los labios y por las noches, al acostarse en las pajas, le decía invariablemente al Nini:

—Mañana habrá que bajar.

El niño le frenaba:

—Aguarde. Por San Vito se abre el cangrejo.

—¿El cangrejo?

—Lo mismo viene buen año. ¿Quién sabe?

Una semana atrás, por Santa Orosia, las cosas estuvieron a punto de resolverse cuando Justo Fadrique, el Alcalde, que se había colocado una corbata verde y roja como en las grandes solemnidades, le dijo al Ratero a bocajarro en la taberna del Malvino:

—Ratero, ¿qué dirías si te ofreciera un jornal de treinta pesetas y mantenido?

El Ratero se pasó la punta de la lengua por los labios agrietados. Después se rascó ásperamente el cogote bajo la boina. Se diría que iba a exponer un largo razonamiento, pero sólo dijo:

—Según.

—¿Según qué?

—Según.

—Mira, basta con que subas a las cuestas a hacer hoyas con los extremeños —señaló al Nini—: Por supuesto, el chaval puede subir también y comer contigo.

El Ratero reflexionó unos instantes:

—Vale —dijo al fin.

Justo Fadrique se pellizcó mecánicamente la barbilla recién afeitada. Lo mismo hizo dos tardes atrás, en la ciudad, cuando el abogado le dijo: «Si ese sujeto no ha cambiado últimamente no hay razón alguna para someterle a un test y privarle de la patria potestad». Ahora el Justito miró al Ratero largamente y dijo con afectada indiferencia:

—Sólo te pongo por condición que dejes la cueva.

El Ratero levantó los ojos:

—La cueva es mía —dijo.

Justo Fadrique se acodó en la mesa y añadió pacientemente:

—Date a razones, Ratero. La casa de la Era Vieja renta veinte duros y tú vas a ganar ciento ochenta y mantenido. ¿Qué te parece?

—La cueva es mía —repitió el Ratero.

Justo Fadrique estiró los antebrazos sobre el tablero y dijo haciendo un esfuerzo por suavizar la voz:

—Está bien, te la compro. ¿Qué quieres por ella?

—Nada.

—¿Nada? ¿Ni mil?

—No.

—Tendrá un precio; algo valdrá, digo yo.

—Algo.

—¿Cuánto? ¡Di!

El Ratero sonrió socarronamente:

—La cueva es mía —dijo.

Justo Fadrique meneó la cabeza de un lado a otro y, al fin, fijó en el Ratero sus pupilas encolerizadas:

—Yo podría conseguir —dijo— que Luisito, el de Torrecillórigo, no te quitara las ratas. ¿Qué te parece?

El rostro del Ratero se transformó en un instante. Las aletillas de la nariz se dilataron y sus labios se apretaron hasta quedar exangües:

—Ya lo haré yo —dijo.

Justito se levantó:

—No tienes agallas —dijo—. En todo caso, piénsatelo. Si tú lo quieres, yo podría ayudarte.

A partir de entonces, el Ratero pasaba las horas vigilando el cauce. Vivía en un estado de exaltación reprimida y por las noches no acertaba a conciliar el sueño. Algunas mañanas ascendía al Pezón de Torrecillórigo y desde la cumbre oteaba incesantemente las márgenes del arroyo. Al anochecer se refugiaba en la taberna, o en los establos, o en el poyo del taller del Antoliano. Y el Antoliano le decía: «Dos manos tienes, Ratero. Nadie necesita más». Y el Rosalino inclinaba la cabeza en dirección a Torrecillórigo y añadía: «Lo que es a mí me podía venir con ésas». El Malvino, en la taberna, le apremiaba: «El río es tuyo, Ratero. Antes de que él echara los dientes ya andabas tú en el oficio».

Mientras tanto, el Nini se desvivía resolviendo las dificultades de sus convecinos, pero rara vez el eliminar los zánganos de una colmena, o el capar un marrano, o el seleccionar los conejos defectuosos de un conejar le proporcionaba más allá de dos reales en junto. El Malvino le decía: «Fija una tarifa, leche. ¿No lo hacen así los médicos y los abogados?». El Nini se encogía de hombros y le miraba con tan grave aplomo que el Malvino se desconcertaba y terminaba por callar.

Por San Vito se abrió la veda del cangrejo y el Nini bajó al río con las arañas y los reteles. Cebó las arañas con lombrices y los reteles con tasajo, y al caer el sol llevaba embuchadas cinco docenas y los cangrejos seguían acudiendo al engaño con facilidad. Al echarse la noche, el niño prendió el farol y sustituyó el tasajo de los reteles por tripas de gallina. Los grillos cantaban en torno y sobre su cabeza, en el primero de los tres chopos, palmoteaba una lechuza. A medianoche, el Nini recogió los bártulos, despertó a los perros y antes de regresar a la cueva dejó tendida en el arroyo una cuerda para la anguila. Los cangrejos se escurrían dentro del saco y producían un rumor húmedo y untuoso.

El tío Ratero le esperaba, acuclillado en la boca de la cueva, bajo el candil.

—¿Viste a ése? —dijo antes de que el Nini coronase la meseta de tomillos.

—No —dijo el niño.

El Ratero rumió algo entre dientes. Agregó:

—¿Y los cangrejos?

—Once docenas y media —dijo el Nini. Y por primera vez en varias semanas el tío Ratero entreabrió los labios en una sonrisa—. Si la Sime no baja este año todo irá bien —añadió el niño.

La Sime fue en tiempos su más fuerte competidora. La Sime pescaba a mano, remangándose las sayas, dejando al descubierto unos muslos blancos y amorcillados. El dedo índice de su mano derecha tenía la yema encallecida y era éste el que introducía sin recelo en las cuevas o entre las berreras y donde el cangrejo se agarraba con voraz fruición. Con una técnica tan simplista hubo años que la Simeona capturó más de quinientas docenas. Adolfo, el del coche de línea, llevaba luego los cangrejos a la ciudad, clasificados por tamaños, para venderlos en el mercado. Pero este año la Simeona se había espiritualizado. Se soltó el pelo sobre los hombros y se enfundó en una bata negra, larga hasta los pies. Su atuendo era el mismo que usara la Eufrasia cinco años antes, la primera ofrecida que recogió en su casa el Undécimo Mandamiento. La Sime, como la Eufrasia, pasaría tres años con doña Resu, realizando las tareas más arduas y humillantes, preparándose para profesar. El Malvino, en la taberna, solía decir: «Es la manera de tener criada gratis». El cambio repentino de la Simeona despertó, empero, la codicia de los hombres del lugar, que aprovechaban cualquier coyuntura propicia para demandarla: «Sime, ¿qué harás del carro?». «Lo necesito», respondía invariablemente la Simeona. «¿Y del borrico?», agregaban. «Lo necesito también», respondía ella. Ellos se rascaban la cabeza y preguntaban al fin: «¿Y puede saberse para qué necesitas un carro y un borrico para el monjío?». La Sime contestaba sin vacilar: «Para el dote». En los últimos tiempos, el Nini rehuía a la Simeona porque cada vez que la encontraba ella se agachaba y decía: «Humíllame». El niño denegaba con la cabeza: «Yo no sé de eso», decía al fin. «Escúpeme», añadía ella. El pequeño se negaba. «¿No oyes? —insistía ella—. Te digo que me escupas. Aprende a obedecer a las personas mayores.» El niño se resistía, pero, a veces, terminaba por simular que lanzaba un escupitajo. Ella no se conformaba: «Así no. Más grande y a la cara. ¿Oyes?». Otras veces, la Sime se tumbaba en el suelo y le suplicaba que la pisara. Poco a poco el niño empezó a experimentar un repeluzno supersticioso hacia la Simeona.

Últimamente a la muchacha le dio por presagiar su muerte y decía, retorciéndose las manos, que «la cosa iba a ser tan rápida que ni tiempo tendría para lavarse». Al Nini le hacía depositario de su última voluntad.

—Atiende, Nini —decía—. Si yo muero quiero que el carro y el borrico sean para ti. El carro lo vendes y el importe me lo aplicas en misas. Del borrico, dispón. Lo puedes montar para salir al campo, pero cada vez que lo montes te acordarás de la Sime y me dirás una jaculatoria.

—¿Qué es eso, Sime? —inquiría el niño.

—¡Jesús! ¿Así andas? La jaculatoria es una pequeña oración. Tú dices: «Señor, perdona a la Simeona». Nada más, ¿oyes? Pero cada vez que montes el borrico, ¿me entiendes?

—Sí, Sime, descuida —asentía el niño. Ella se quedaba un momento pensativa. Luego agregaba:

—O mejor todavía. Tú dirás cada vez que montes el burro: «Señor, perdona los pecados que la Sime cometiera con la cabeza, luego con las manos, luego con el pecho, luego con el vientre y así cada vez con una cosa hasta llegar a los pies». ¿Me entiendes, Nini?

El Nini la miraba serenamente. Al cabo dijo:

—Sime, ¿es que con el vientre se pueden cometer pecados?

De pronto la Sime rompió a llorar. Tardó un rato en responderle. Al fin, dijo:

—A ver, Nini, los más graves. El mío se llamaba Paquito y está en el camposanto junto a mi padre. ¿Es que no lo sabías?

—No, Sime —replicó el niño.

Ella se echó el cabello para atrás en un ademán impaciente. Dijo:

—Claro, eras muy crío entonces.

Pero por San Protasio y San Tribuno, la Sime enfermó de verdad y el Nini, al verla hundida en el jergón, recordó al Centenario muerto. Le dijo la muchacha:

—Óyeme, Nini. Si yo muero quiero que el carro y el borrico y el Duque sean para ti, ¿entiendes?

—Pero Sime... —apuntó el niño.

—Nada de Sime —cortó ella—. Si yo muriese el dote no lo voy a necesitar.

—Tú no vas a morirte, Sime. Ya se murió tu padre.

—Calla la boca. Ningún padre se muere por uno, ¿oyes?

—Bueno, Sime —dijo el niño acobardado.

Ella añadió:

—A cambio sólo te pido que no olvides lo que te dije, ¿recuerdas?

—Sí, Sime. Cada vez que suba al borrico le diré al Señor que perdone tus pecados empezando por la cabeza.

La Sime suspiró, aliviada:

—Está bien —dijo—. Ahora humíllame. No me queda mucho tiempo para lavarme. Tengo prisa.

—¿Qué, Sime?

—¡Escúpeme! —dijo ella.

—No, Sime.

Ella hizo unos rápidos visajes con la cara:

—¿Es que no me oyes? ¡Escúpeme!

El niño reculaba hacia la puerta. En las afiladas facciones de la Simeona veía ahora al Centenario y a la abuela Iluminada muertos:

—Eso sí que no, Sime.

En ese instante se filtró por las rendijas de la ventana un alarido agudo y quejumbroso. La Sime se quedó inmóvil, guiñando levemente los ojos en un nervioso parpadeo y, de pronto, se cubrió el rostro con las manos y se arrancó a llorar histéricamente:

—Nini, ¿oíste? —dijo entre dos sollozos—. Es el diablo.

El niño se aproximó.

—Es el búho, Sime, no te asustes. Caza ratones en el tejado.

Entonces ella se tumbó de espaldas, soltó una risotada y se puso a decir cosas incoherentes.

Por Santa Edeltruda y Santa Agripina, la Simeona se restableció. El Nini, el chiquillo, se la encontró en la Plaza, todavía pálida y vacilante, y por primera vez desde que se ofreció no le encareció que la humillara. El Nini le preguntó:

—¿Estás bien, Sime?

—Bien, ¿por qué?

—Por nada.

Se quedaron un rato frente a frente, como observándose con reticencia.

Al fin, el Nini añadió:

—¿No bajarás este año a cangrejos, Sime?

—¡Huy, hijo! —dijo ella—. Eso se acabó. Yo ya no estoy para fiestas.

A partir de esa noche, los cangrejos empezaron a mostrarse esquivos con los reteles y las arañas del Nini. Era lo mismo que el tiempo se mantuviese quedo o que soplara el sur o el noroeste. Al atardecer, los cangrejos abandonaban sus cuevas o sus cobijos bajo las berreras y merodeaban en torno a los reteles, pero sin decidirse a salvar el aro. El Nini, por más que se esforzaba, apenas conseguía atrapar más allá de una docena. Al llegar a la cueva le decía al tío Ratero:

—La Sime me echó mal de ojo.

El Ratero se rascaba insistentemente el cráneo bajo la boina:

—¿Nada? —inquiría.

—Nada.

—Habrá que bajar entonces.

Mas el Nini, antes de destruir las camadas de primavera, prefirió volver a los lecherines y los lagartos. Hizo un esfuerzo por ampliar su clientela ofreciendo los lecherines de puerta en puerta. Una tarde se llegó donde el Furtivo, a pesar de que su sonrisa carnicera le aterraba.

—Matías —le dijo—. ¿No necesitarás tú lecherines para los conejos?

—¿Lecherines? ¡Estás tú bueno, bergante! ¿Es que no sabes que largué los conejos de que empezó la peste?

El Nini parpadeaba desconcertado y, de repente, el Furtivo le agarró por el pescuezo y añadió, entornando los ojos como si le molestase la luz:

—A propósito, ¿no sabes tú quién fue el bergante que soltó el aguilucho del nido de la junquera?

—¿Un aguilucho en la junquera? —inquirió el niño—. Las águilas no anidan en la junquera, Matías, tú lo sabes.

—Pues esta vez anidó, ya ves; y un hijo de perra cortó el alambre con que amarré la cría, ¿qué te parece?

El Nini alzó los hombros y sus pupilas resplandecieron de inocencia. Agregó Matías Celemín,

soltándole y cruzando solemnemente los brazos
sobre el pecho:

—Oye una sola cosa y a ver si aprendes de una
vez por todas. Aún no sé quién es ese tal, pero si un
día lo agarro le voy a sacudir una mano de guanta-
das que no le van a quedar más ganas de entrome-
terse.

XVII

Un despiadado sol de fuego se elevó sobre los tesos
por la Preciosa Sangre de Nuestro Señor y abrasó
la salvia y el espliego de las laderas. En tan sólo
veinticuatro horas, el termómetro rebasó los treinta y cinco grados y la cuenca se sumió en un ener-
vante sopor canicular. Los cerros se resquebraja-
ron bajo los ardientes rayos y el pueblo, en la
hondonada, quedó como aprisionado por un aura
de polvo sofocante. En torno crepitaban los trigos
maduros, mientras los corros de cebada ya sega-
dos, con las morenas esparcidas por los rastrojos,
denotaban un anticipado relajamiento otoñal.
Bajo el bochorno, la vida languidecía y el infernal
silencio de las horas centrales apenas se rompía por
el piar lastimero de los gorriones entre los altos carrizos del arroyo. Al ponerse el sol, una caricia tibia descendía de las colinas y las gentes del pueblo
aprovechaban la pausa para congregarse a las
puertas de las casas y charlar quedamente en pe-

queños grupos. De los campos ascendía el seco aroma del bálago envuelto en el fúnebre lenguaje de las aves nocturnas, mientras las polillas golpeaban rítmicamente las lámparas o revoloteaban incansables en torno a ellas en órbitas desiguales. Del Cerro Merino llegaban los silbidos de los alcaravanes y, a su conjuro, los cínifes se desprendían de la maleza del río y bordoneaban por todas partes con agresiva contumacia. Era el fin del ciclo y los hombres, al encontrarse en las calles polvorientas, se sonreían entre sí, y sus sonrisas eran como una arruga más en sus rostros requemados por el sol y los vientos de la meseta.

No obstante, por San Miguel de los Santos, los cuetos amanecieron envueltos en una pegajosa neblina que fue acentuándose a medida que el día ensanchaba. Y el Pruden, al advertirlo, cruzó el puentecillo de troncos y ascendió penosamente la cárcava y, una vez en la meseta de tomillos, llamó al Nini a grandes voces:

—Nini, rapaz —dijo cuando éste apareció en la boca de la cueva, desperezándose—, esa calina no me gusta. ¿No amagará el nublado?

El Loy olisqueaba los talones del hombre y la Fa, alebrada junto al niño, se dejaba acariciar a contrapelo por su sucio pie desnudo. El Nini oteó el horizonte, los cerros ligeramente neblinosos y, finalmente, sus ojos se detuvieron en el azor, aleteando sobre el Pezón de Torrecillórigo. Al cabo de un rato, descendió por la cárcava al cauce sin decir palabra. El Pruden y los perros le seguían con la misma confiada docilidad con que siguen al médico los parientes de un enfermo grave. Una vez en el arroyo, el Pruden desató la lengua y en tono plañidero le dijo al Nini que los trigos secos y raspinegros no aguantarían la piedra. El niño aparentaba no oírle, se ensalivó el dedo corazón y observó atentamente de qué lado se secaba antes. Luego se introdujo entre los carrizos y las espadañas y analizó detenidamente los esbeltos tallos. Las hormigas aladas trepaban incansablemente por ellos y al alcanzar el extremo tornaban a descender. El Pruden lo contemplaba ahora silencioso y expectante y cuando el niño salió de entre los carrizos le consultó con la mirada:

—Hay niebla y la brisa es sur —dijo el niño pausadamente—. Las hormigas de alas andan en danza. Si antes de mediodía no cambia el viento, de aquí a mañana tronará. Harías bien en avisar a la gente.

Mas al Pruden nadie le hizo caso. Le dijo el Rosalino:

—Antes de San Auspicio no empiezo.

—El Nini dice... —apuntó el Pruden.

—Aunque lo diga María Santísima —atajó el Encargado. Sin embargo, un cuarto de hora más tarde, cuando el Frutos dio el pregón desde la Plaza pidiendo agosteros para el Pruden, los hombres reprimieron un estremecimiento. Tan sólo el Rosalino, para desalojar la inquietud de su pecho, comentó:

—Aviva, Pruden, que te se quema el arroz.

Pero a media tarde irrumpió sobre el Cerro Merino una nubecilla blanca y tras ella otras nubes más densas y apelmazadas. Los hombres del pueblo no quitaban ojo al cerro y al oscurecer, Justito, el Alcalde, dio orden al Frutos de preparar los cohetes contra el nublado. A esas horas el cielo se había encapotado totalmente y el Pruden, con la Sabina, el Mamertito, el Rabino Chico y el Críspulo —el chico mayor del Antoliano—, terminaban de amontonar en morenas el trigo de su parcela. Un viento cálido se desató al ponerse el sol e hizo ondear los campos sin segar y provocó violentas tolvaneras en los caminos. El cielo se mostraba cada vez más sombrío y el Nini despachó en un momento el frangollo preparado por el Ratero y se acuclilló a la puerta de la cueva. La noche se había echado de repente y la atmósfera era cada vez más pesada e irrespirable. Empero, no llovía aún, ni tronaba, y el primer resplandor del rayo asustó al chiquillo. La Fa levantó de golpe la cabeza y rutó cuando el estrépito del trueno descendió dando tumbos cárcava abajo. Un hedor a azufre se mezcló con el seco aroma del bálago y de la mies madura. El tío Ratero asomó a la boca de la cueva, miró a lo alto, a lo oscuro, y dijo:

—Buena se prepara.

Al Loy se le erizaron los pelos del espinazo y al elevarse en el cielo el primer cohete, apuntando al gran vientre tenebroso de la nube, ladró airadamente sin saber a qué. El estampido del cohete semejó al agudo grito de un niño en una acalorada discusión de adultos. Tras él, el cielo se abrió en una luz vivísima que hizo destellar la cadena de tesos como si fueran de plata. El trueno siguió a la luz sin transición y fue un trallazo fulminante y quebrado como un latigazo.

—Va a ser peor que la de San Zenón. ¿No recuerda? —dijo el Nini.

Un segundo cohete fue lanzado desde la Plaza y a éste siguieron otro y otro, sin interrupción ni método, a la desesperada. Se diría un cazador disparando chinas con un tiragomas contra una manada de elefantes. Un nuevo relámpago inundó la cuenca de una claridad lívida y al estruendo del trueno siguió el gemido del huracán barriendo los cuetos y los campos, levantando densos remolinos de polvo que se empinaban hacia el cielo, girando en espirales inverosímiles. Al ceder el viento empezaron a caer las primeras gotas; eran unas gotas prietas, turgentes, como uvas, que restallaban en la tierra reseca y, al fraccionarse en minúsculas partículas, se evaporaban de nuevo sin dejar huella. Dijo el Ratero tras el Nini:

—Más vale así.

—¿Qué vale más?

—El agua.

—¿El agua?

—En seco sería peor.

El niño denegó con la cabeza sin cesar de mirar abajo, a las casas del pueblo:

—Será lo mismo —dijo sentenciosamente—. Tal como están los trigos será lo mismo.

Los relámpagos desgarraban el firmamento por todas partes, encadenándose en una suerte de fantástico duelo. Los truenos horrísonos del noroeste se confundían con las exhalaciones del sudeste y con el repiqueteo del pedrisco que rebotaba sobre la piel tirante del teso como palillos batientes sobre el parche de un tambor. Eran granos del tamaño de huevos de paloma, pero, pese a su volumen, el viento los arrastraba para amontonarlos allí donde un matojo o una quebrada del cueto les prestaba su abrigo.

—Se han juntado dos nublados —dijo el niño.

—Dos —respondió el Ratero.

—Como en el cincuenta y tres por San Zenón, ¿no recuerda?

—Lo mismo.

Poco a poco cedía la canícula y se elevaba de los campos castigados el tonificante vaho de la tierra húmeda. La granizada remitía a intervalos y entonces, a la cruda luz de las exhalaciones, el Nini distinguía a los hombres oscuros, como mudos muñecos, moviéndose alocadamente en la Plaza. Ya no era sólo el Frutos, sino el Justito, y el José Luis, y el Virgilio, y el Antoliano, y el Matías, y el Rabino Grande, y todos los hombres del pueblo quienes rivalizaban en lanzar al aire los cohetes en un desesperado intento por ahuyentar la amenaza. Mas los cohetes, cuando ascendían, eran una efímera estela, sin brillo ni potencia, que estallaba sordamente contra un cielo bajo y opresivo. La cuenca, en derredor, asumía una apariencia fantasmagórica a la cárdena luminosidad de los relámpagos y, a ratos, los ramalazos de granizo formaban una cerrada cortina, tupida e impenetrable. El Nini decía:

—Es aún peor que la del cincuenta y tres.

El Ratero, inmóvil tras él, en las tinieblas replicaba:

—Peor.

La furia del cielo se desató sobre la cuenca y durante cinco horas se prolongaron las luminarias de las exhalaciones, los sordos retumbos de los truenos, el martilleo contumaz de la piedra sobre los campos. A las cuatro de la madrugada cesó repentinamente de llover y las nubes se concentraron al norte, sobre el Pezón de Torrecillórigo, y una luna alta y húmeda rasgó súbitamente los últimos flecos de la borrasca. La tierra toda que abarcaba la vista parecía cubierta de nieve, y los granizos, al deshacerse en el suelo, producían un rumor viscoso, como el de los cangrejos dentro de la sera. De cuando en cuando, tras el Pezón de Torrecillórigo, aún se abría el cielo en una culebrilla incandescente, pero el retumbo del trueno tardaba ahora en llegar y era algo redondo, uniforme, sin aristas.

El Nini bajó al pueblo tan pronto amaneció. La cárcava estaba húmeda y resbaladiza y el niño se desvió por la ladera para sujetar sus pies en los tomillos. Abajo los campos parecían muertos. La huerta y los tres chopos de la ribera erguían tímidamente su patética desnudez y los graznidos de las chovas en los vanos del campanario hacían más ostensible el gran silencio. Los trigos, arracimados desordenadamente por la violencia cambiante del ciclón, se acostaban mansamente sobre el lodo. A trechos, entre las espigas decapitadas, rebrillaban las charcas. Por los caminos y junto a las linderas yacían los cadáveres de los trigueros y las alondras, rígidos sobre los granos de trigo y los cascabillos desparramados. Los barbechos del Poderoso emanaban unas alacres fumarolas, como las que despedían los sembrados en los días soleados del invierno tras una noche de helada. Un pesado hedor a cieno entremezclado con el del bálago se cernía sobre los campos. Dos urracas, envalentonadas con el desastre, jugueteaban sobre el viejo potro, esponjándose al sol incipiente.

Al entrar en el pueblo, el Nini sintió el llanto resignado de las mujeres a través de los postigos. Al pie de la trasera del Pruden, medio enterrada en el cieno, había una golondrina. En el alero, asomando sus cabecitas blanquinegras por la abertura del nido, piaban incansablemente las crías. Las callejas estaban desiertas y en los relejes había más barro que en pleno invierno. En la Plaza, la señora Clo barría briosamente los dos escalones de acceso al Estanco. En la tapia de adobes, bajo las bardas del corral, un cartelón de letras desiguales decía:

«¡Vivan los quintos del 56!». El Loy se detuvo, olisqueando en el zaguán del José Luis, y el Nini le silbó tenuemente. La señora Clo lo vio entonces, se apoyó en la escoba y le dijo moviendo la cabeza de arriba abajo y mordiéndose el labio inferior:

—Nini, hijo. ¿Qué te parece este castigo?

—Ya ve.

—¿Es que somos tan malos, Nini, como para merecer esto?

—Eso será, señora Clo.

Frente a los establos, salpicado de barro, estaba el automóvil del Poderoso, y en la misma esquina don Antero y varios desconocidos hablaban dramáticamente con los hombres del pueblo. El Justito, y el José Luis, y el Matías Celemín, y el Rabino Chico, y el Antoliano, y el Agapito, y el Rosalino, y el Virgilio se encontraban allí, los ojos patéticamente abiertos, las espaldas vencidas como bajo el peso de un enorme fardo. Y don Antero, el Poderoso, decía:

—El seguro por descontado. Pero no hay que dormirse, Justo. Hoy mismo debe salir un pliego solicitando créditos y moratorias. De otro modo será la ruina, ¿oyes?

El Justito asintió débilmente:

—Por mí no ha de quedar, don Antero, ya lo sabe.

El Nini pasó de largo, los perros pegados a sus pies, pero antes de alcanzar el majuelo, oyó la voz tartajosa del Antoliano:

—Yo... yo no tengo seguro, don Antero.

Y la de Matías Celemín, el Furtivo, extrañamente fúnebre:

—Tampoco yo.

Un rumor de voces arrastradas se unió a la del
Furtivo como un coro: «Ni yo», «Ni yo», «Ni yo».

Ya en el camino del majuelo, el Pruden le salió al
paso. Pareció brotar de la tierra como un fantasma:

—Nini —dijo—. Tengo el trigo en morenas y
no se ha desgranado —hablaba como disculpán-
dose—: Yo...

El niño habló sin detenerse:

—No trilles hasta que seque —dijo—. Pero
tampoco lo retrases, no sea que se nazca.

El Pruden le sujetó por un hombro:

—Aguarda —dijo—. Aguarda. ¿Tú crees que
puedo yo ponerme a trillar delante de la miseria de
los demás?

El Nini se encogió de hombros. Dijo, mirándo-
le serenamente a los ojos:

—Eso es cosa tuya.

El Pruden se frotó las manos sin entusiasmo,
tratando de dominar su nerviosidad. Luego hundió la derecha en el bolsillo y le tendió una peseta:

—Toma, Nini, por lo de ayer —dijo—. Más te
daría, pero tengo aún que pagar tres jornaleros,
hazte cuenta.

Bordeando el majuelo, desnudo por el pedrisco, el Nini se llegó al cauce. Poco más allá, del otro
lado de los chopos, se encontró con Luis, el de To-

rrecillórigo. El muchacho le sonreía con sus dientes blanquísimos sin dejar de azuzar al perro.

—Dale, dale.

—¿Qué haces?

—¡Otra! ¿No lo ves? Cazar. ¿Crees tú que por este año se puede hacer otra cosa en el campo?

Le señalaba los trigos rotos, acostados en el barro: los dilatados campos convertidos en un pajonal.

—¿También en Torrecillórigo?

El hombre flanqueaba el arroyo a compás de la marcha del perro, entre los carrizos quebrados. Dijo:

—La nube no dejó tiesa una espiga.

El niño observó al perro moteado:

—Ese perro no se aplica —dijo.

—¿Lo hacen mejor los tuyos?

El niño señaló la cabeza jadeante de la Fa:

—Ésta es vieja y está tuerta, pero el cachorro ya las conoce y el año que viene se aplicará.

El muchacho de Torrecillórigo se echó a reír y se golpeó varias veces la bota con el extremo de la pincha de hierro:

—También el mío es nuevo —dijo.

—El año ya tiene.

—Por San Máximo lo cumple. ¿En qué lo has conocido?

—En los ojos. Y en la boca. ¿Cómo se llama?

—Lucero, ¿te gusta?

El niño denegó con la cabeza.

—¿Por qué no te gusta el nombre?

—Es largo.

—¿Largo? ¿Cómo se llaman los tuyos?

—La perra Fa.

—¿Y el cachorro?

—Loy.

El hombre volvió a reír.

—Para llamar a un perro cualquier nombre es bueno —agregó displicentemente.

De pronto, el muchacho levantó los ojos y su risa se fue contrayendo en la boca hasta convertirse en una mueca de estupor. El Nini oyó los pasos apresurados y alzó los ojos y vio al tío Ratero, aplastando en largas zancadas las cañas desmayadas del trigal. Llevaba la pincha en alto y gritaba algo inarticulado que no llegaban a ser palabras. Al alcanzar el borde del arroyo no se detuvo. Saltó en el agua, chapoteando como impulsado por una fuerza irracional y se echó sobre el muchacho con el hierro en alto. El Nini apenas tuvo tiempo de incorporarse, asirle de la raída americana y tirar hacia atrás con todas sus fuerzas, mas el muchacho de Torrecillórigo prendía ya la muñeca del Ratero manteniendo su pincho distante, mientras voceaba: «Date a razones, ¡coño!». Pero el Ratero mascullaba palabrotas y murmuraba obcecadamente: «Las ratas son mías. Las ratas son mías». De súbito, la Fa se arrancó sobre el muchacho, mordiéndole sañudamente las pantorrillas, pero el Lucero, a su vez, se lanzó sobre la perra y ambos animales se enzarzaron, mientras el Loy, el cachorro, ladraba desconcertado, sin saber qué partido tomar. El Nini, persuadido de la imposibilidad de separar a los hombres, los seguía en las evoluciones que provocaba la lucha, los ojos desorbitados, intentando aplacarlos con sus voces, pero el Ratero no le oía. Una fuerza ciega le empujaba y como para darse coraje se repetía una y otra vez: «Las ratas son mías. Las ratas son mías». Los perros peleaban aviesamente, se mordían con enconado ensañamiento mostrando sus colmillos blanquísimos, sin cesar de gruñir. En una ocasión rodaron por el barrizal hechos un ovillo y el Ratero tropezó en ellos y cayó entre los trigos, el cuerpo de su adversario montado sobre él. El muchacho de Torrecillórigo trató de reducirlo hincándole las rodillas en los bíceps y en su tenso esfuerzo murmuraba: «Da-te-a-ra-zo-nes-co-ño», pero el Ratero le ganó la acción, se arqueó sobre el estómago y lo lanzó hacia atrás golpeándole luego con las botas en el vientre. Los dos hombres se incorporaron, observándose de soslayo, jadeando, las pinchas levantadas, mientras los perros seguían ferozmente enlazados. Fue el Ratero quien de nuevo tomó la iniciativa, pero el muchacho atajó su golpe con el hierro y durante unos momentos cruzaron sus pinchos y las chispas saltaron en el aire. El Ratero, la espalda rebozada de barro, observaba ahora a su adversario con los párpados entornados como una alimaña y amagó con el pincho dos veces y le lanzó luego una patada brutal que le alcanzó en el pecho y lo derrumbó sobre las mieses acostadas. El Ratero corrió hacia él, pero el muchacho, en un esguince felino, esquivó el cuerpo y el Ratero cayó de bruces sobre el fango. Al ponerse en pie su jadeo era áspero, acongojado, como un rugido. De vez en cuando repetía como un autómata: «Las ratas son mías, las ratas son mías». Una gruesa costra de barro le cubría el rostro y sus ojos adquirían, entre los párpados ennegrecidos de tierra, una viveza singular. El muchacho de Torrecillórigo, doblado por la cintura, aguardaba serenamente una nueva ofensiva y su mirada penduleaba entre los ojos del Ratero y la pincha que sujetaba entre sus dedos crispados. Otra vez el Ratero se arrojó sobre él, la cabeza gacha, el pincho hacia la garganta, mas el muchacho desvió a tiempo la trayectoria del hierro, que no le produjo más que un rasguño en la mejilla que súbitamente se llenó de sangre. También la Fa sangraba por las orejas y el lomo, pero el animal no cejaba en su empuje. Los cuerpos de los perros desaparecían a veces entre la espesura de las pajas acostadas, para reaparecer siete metros más allá peleando con el mismo encarnizamiento. El Loy, pasado el desconcierto inicial, se pegó a las piernas del niño, erizados los pelos del espinazo, estremecidos sus miembros por un extraño temblor. Los hombres se habían enzarzado de nuevo, los pinchos en alto, murmurando maldiciones ininteligibles. El muchacho de Torrecillórigo tenía las mejillas cubiertas de sangre y por los agrietados labios entreabiertos se veía la boca reseca, aspirando el aire a bocanadas, como un pez moribundo. En un esfuerzo trató de herir a su contrincante, pero apenas si el filo del pincho pudo rasgar la chaqueta de pana del Ratero quien, al sentir en la piel el cosquilleo del metal y aprovechando el pasajero desmayo del otro, descargó un golpe contundente de abajo arriba y el hierro se hundió en el costado de su adversario hasta la empuñadura. Todo fue instantáneo como un relámpago. Las manos del muchacho se distendieron y el pincho, al caer, quedó oculto en el barro. El Ratero se separó de él resollando y, entonces, el muchacho de Torrecillórigo avanzó hacia el Nini torpemente, dando traspiés, los ojos desorbitados y, al pretender hablar, un borbotón de sangre le cortó la palabra. Permaneció unos segundos inmóvil, tambaleándose y, al cabo, cayó del lado derecho y cerró los ojos como si descansara. Aún se estremecieron sus piernas convulsivamente dos o tres veces. Luego le sobrevino un nuevo vómito y, como si quisiera impedirlo, volvió el rostro lentamente y ocultó sus facciones en el fango.

El Nini levantó los ojos espantados hacia el Ratero, pero éste, resollando aún, se aproximó al cadáver y rescató su pincho de hierro. Después se encaminó a donde los perros se revolcaban, sujetó al Lucero por la piel del cuello y de un tirón lo separó de la Fa. El animal intentó en vano morderle la muñeca, revolviéndose furioso, pero el Ratero le acuchilló tres veces el corazón sin piedad y, finalmente, lanzó su cadáver sobre el del muchacho.

La Fa gañía y se lamía sin cesar las mataduras del lomo cuando el Ratero se acercó al cauce y lavó la sangre del pincho meticulosamente. El Nini se sentó en el ribazo y se acodó en los muslos. La Fa se llegó a él y se alebró a sus pies temblando, en tanto el Loy miraba rutando los dos cadáveres, cuyas heridas se iban llenando paulatinamente de moscas.

Al regresar el tío Ratero junto al Nini, media docena de buitres aparecieron de improviso volando muy altos sobre el Pezón de Torrecillórigo. El niño miró al Ratero, que jadeaba aún, y el Ratero dijo a modo de explicación:

—Las ratas son mías.

El Nini señaló con el dedo al muchacho de Torrecillórigo y dijo:

—Está muerto. Habrá que dejar la cueva.

El Ratero sonrió socarronamente:

—La cueva es mía —dijo.

El niño se levantó y se sacudió las posaderas. Los perros caminaban cansinamente tras él y al doblar la esquina del majuelo volaron ruidosamente dos codornices. El Nini se detuvo:

—No lo entenderán —dijo.

—¿Quién? —dijo el Ratero.

—Ellos —murmuró el niño.

Tras el alcor se veía flotar el campanario de la iglesia y en torno a él fueron surgiendo, poco a poco, las pardas casas del pueblo, difuminadas entre la calina.